Illustration / CJ Michalski

セシル文庫

怒った旦那さん

―お隣の旦那さん 11―

桑原伶依

イラストレーション／
CJ Michalski

怒った旦那さん◆目次

みーくんの
ヒミツの時間

旦那さんシリーズ

プロローグ

五年半前――松村功一《まつむらこういち》は大学入学を機に上京し、『将来は小学校教諭《きょうゆ》か幼稚園教諭を目指す』と決めて、教育学部に進学した。

わざわざ東京の大学を選んだのは、婚約しても功一と別れようとしない、幼馴染《おさななじ》みの元カレ正孝《まさたか》から逃げるため。

何もかも捨てて、新しい土地でやり直すつもりで一人暮らしを始めたのだが――たった半年で大学を辞めることになってしまった。

理由は、道ならぬ恋をしたから。

引っ越し先のアパートの隣には、功一の人生を大きく変えた、運命の人が住んでいた。

その人の名は、大沢明彦《おおさわあきひこ》。功一より十歳年上の既婚者《きこんしゃ》で、育児ノイローゼの妻に失踪《しっそう》され、生後半年の一人息子、光彦《みつひこ》を抱《かか》えて途方に暮れていた。

気の毒な隣人《りんじん》を助けてあげたい。そう思った功一は、大学に通いながら、反対隣に住んでいた平井《ひらい》夫人と協力して、光彦の子守を引き受けるようになった。

大沢父子《おやこ》の身の回りの世話を焼き、家族のように暮らしているうち、功一は明彦に魅かれていった。もともと恋愛対象は男性で、明彦は好みのタイプだったから、恋をするのは必然だったのかもしれない。

失踪した彼の妻が帰宅し、居場所をなくした功一は、傷心《しょうしん》のあまり大学を辞めて故郷に逃げ帰ったのだ。

叶《かな》わぬ恋だと諦めていた。

けれど、実は明彦も、家庭的な功一に惹かれていたらしい。功一が行方を晦《くら》ましたあと、明彦は妻と離婚し、功一の実家を訪ねて、プロポーズしてくれた。

生涯《しょうがい》添い遂げることを誓い合い、明彦が設計したマンションに引っ越し、光彦と三人で暮らし初めて、五年あまりになる。

明彦とともに生きる道を選んだ功一の、味方になってくれた身内は姉だけだ。両親には勘当《かんどう》され、歩み寄ろうと努力しても、拒《こば》まれ続けた。

和解するまでに何年もかかったけれど、病気で気弱になった母に許され、それから三カ月後――二十一歳の誕生日には、頑固《がんこ》な父も、功一が選んだ生き方を認めてくれている。

唯一の気がかりがなくなった頃、光彦が幼稚園に入学し、功一は自分一人の時間が持てるようになった。

これまで功一は、子育てと家事をするだけの生活に、不満など感じたことはない。むしろ、光彦の成長を見守り、家族が快適に暮らせるように働くことが生き甲斐《がい》だった。

しかし、ふと気づいてしまったのだ。子供はいつか巣立っていく。光彦が功一の手を離れたあと、何を生き甲斐にすればいいんだろう？

大学は半年で退学し、職歴もない。今のうちに、生き甲斐になる仕事を探さなければ。歳を取ってしまったら、進める道はどんどん少なくなってしまう。

でも、光彦はまだ幼いから、自由になる時間は限られている。

不安と焦燥《しょうそう》に駆られ、いったい何がしたいのか、何をすればいいのか解らないまま足掻《あが》いていたとき、平井夫人の一人息子の啓介《けいすけ》が、絵本コンテストに応募するよう勧めてくれた。

功一が絵本を描いていたのは、光彦と双生児《ふたご》の甥《おい》にプレゼントするためだ。

でも、自分が描いた絵本を、もっと大勢の子供たちに読んでもらえたら嬉しい。

功一は絵本作家を目指すと決め、昨年春、コンテストに応募してみた。

それがまさかの大賞受賞！

今年の春、受賞作品が出版され、功一は絵本作家としてデビューした。

しかし、絵本レーベルが潰れ、二作目、三作目の出版が立ち消えてしまったのだ。

失意に打ちひしがれていた功一に、再びチャンスをくれたのは、一通のファンレター。功一宛《あて》のファンレターを読んで初心《しょしん》を思い出し、奮起《ふんき》した担当編集者が独立して新レーベルを立ち上げ、功一に真っ先に声をかけてくれた。

十月中旬に創刊された新レーベルの第一回配本で、二作目の絵本が出版され、三作目の絵本も十二月中旬発売予定。

現在は、四作目の絵本執筆に取りかかったところだ。

今日の仕事を終えた功一は、光彦を幼稚園に迎えに行った。

光彦は、年少組の気難しい新入園児タッちゃんに懐《なつ》かれ、母子家庭でお迎えが遅いタッちゃんに付き合って、今年の春から延長保育組に入っている。おかげで、せいぜい四時間程度だった一人の時間が八時間に増え、家事と仕事を両立しやすくなった。

「みーくん。お迎えに来たよ～！」

国内有名服飾ブランドのパタンナーであるタッちゃんママは、九月下旬から、また忙しい月に入ったようで、お迎えが遅くなっている。

一学期はタッちゃんママが迎えに来るまで一緒に待っていたけれど、二学期に入ってすぐ、タッちゃんママに言われたのだ。

『達矢《たつや》は夏休みも休日保育で幼稚園に預けていたの。みーくんがいない幼稚園にも慣れたようだし。これからは、私が遅くなっても待たずに、先に帰ってね。功一くんだって仕事があるんだし。来年の春になったら、みーくんは卒園するんだもの。今から、少しずつ慣らしておかなくちゃ』

確かにその通りなので、功一は、タッちゃんママのお迎えを待つのをやめた。

「じゃあタッちゃん。またあしたね！」

残っている園児はタッちゃんだけで、淋しそうだが、ここで同情してはいけない。

光彦と手をつないで幼稚園から帰る道すがら、光彦が功一に尋ねた。

「こーぃちくん、おしごとすすんでる？」

「うん。今日、『お話はこれでいいよ』って言われて、絵の下描きをはじめたところ」

「つぎのえほん、どんなおはなしー？」

「次はねぇ、『ノワール』っていう黒猫のお話だよ」

「おはなし、きかせてぇ～！」

「……うーん、どうしよ。出版前のお話だから、ホントは秘密にしなきゃいけないんだけど……」

「ヒミツにするよ。こーぃちくんと、みーくんだけのヒミツ！」

「じゃあ、おうちに帰ったら、聞かせてあげるね」

帰宅後、明彦の帰りを待ちながら、功一は光彦に四作目の絵本の物語を読み聞かせた。

『ぼくは黒ネコ』

ぼくは黒ネコ。名前はノワール。
お父さんも、お母さんも、兄弟たちも、
茶色いしましまネコだけど、ぼくだけまっ黒。
家族はみんな、ぼくが黒いことを気にしていない。
だからぼくも、そんなの気にしていなかった。
でもね、狩《か》りに行ったお父さんをおいかけて、
となりの家のお庭へまよいこんだとき、
ネズミたちのウワサ話を聞いちゃったんだ。

「チュー！　チュー！　黒ネコでチュー！

黒ネコに前を横ぎられたでチュー！」
「とっても不吉《ふきつ》でチュー！
よくないことがおきたらタイヘンでチュー！」
「このあたりに、あんな黒ネコいたでチュか？」
「となりの、茶色いしましまネコんトコの子でチュー。
家族はみんなしましまなのに、
いっぴきだけ、まっ黒なんでチュー」
「茶色いしましまネコのお父さん、お母さんから、
黒ネコが生まれるなんて、おかしいでチュねー！」
「きっと、どこかから、もらわれてきたんでチュよ！」
ネズミたちはチューチューさわぎながら、
あなぐらの中へにげていく。
ぼくはなきたくなってしまった。
だってほんとに、ぼくだけ黒いんだもの。
もらわれっ子だと言われたら、そんな気がする。

ぼくは、おうちに帰って、お母さんに聞いてみた。
「ニャー、ニャー。お母さん、お母さん。
ぼくはもらわれてきた子なの？
ほんとは、お母さんの子どもじゃないの？」
「ニャ～オ！　なにバカなこと言ってるの。
ノワールは、まちがいなく、
わたしのかわいい子どもですよ」
「ニャー、どうして、ぼくだけまっ黒なの？」
「ニャ～オ！　それは、神さまがきめたことよ」
「ニャー、神さまが、ぼくにだけイジワルしたの？」
「ニャ～オ！　イジワルじゃないわ。
こんなにツヤツヤと、ぬれたように黒く、
美しい毛をもって生まれたのは、
夜の神さまに愛されているしるし」
お母さんはそう言って、
ぼくをなぐさめてくれたけど、

ぼくは、みんなと同じ色に生まれたかった。
庭に飛んできたスズメたちも、ぼくを見てさわぐ。
「チュンチュン！　しましまネコの中に、
いっぴきだけ、黒ネコがいるでチュン！」
「黒ネコが近くにいると、不幸になるでチュン！」
「こわいでチュン！　にげるでチュン！」
あわてて飛んでいったスズメたちを見おくりながら、
ぼくはまた、かなしくなった。
黒ネコが近くにいると、不幸になるの？
だったらぼくは、家族のそばにいられない。
お父さんも、お母さんも、兄弟たちも、
みんなだいすきだから。
だれも不幸になってほしくないから。
ぼくはしのび足で、こっそり家を出た。

これからどこへ行こうか？

あてもなく森の中へ入っていくと、ぼくを見つけたカラスたちが、あつまってきた。

「カァ！　カァ！　黒ネコだ！　カア！」

「黒は使い魔の色だ、カア！

おまえは、どこの魔女の使い魔だ？　カア！」

「ニャー？　使い魔って、なに？」

「魔女のめしつかいだ、カア！」

「もしやおまえは、ただのノラネコ、カァ？」

「ノラネコが黒いなんて、ナマイキだ！　カア！」

「こづいてやれ、カア！」

「まっ黒い毛をむしってやれ、カア！」

「ニャー！　いたいよ、いたいよ、やめてよぅ！」

ないてたのんでも、カラスたちはやめてくれない。

「おやめ、カラスども！」

とつぜん女の人の声がした。

すると、カラスたちは、いっせいに、
ぼくをクチバシでつつくのをやめたんだ。

「弱いものいじめなんか、するんじゃないよ！」

「おゆるしください、ご主人さま、カア！」

「ゆるしてやるから、あっちへおいき！」

ぼくをたすけてくれたのは、
黒いドレスを着た、きれいな女の人だった。

「ニャー！　たすけてくれて、ありがとう。

ぼくはノワール」

「ノワール？　黒く美しい毛色だから、
ノワール《黒》と名づけられたんだね。

おまえにピッタリの、きれいな名前だ」

ぼくを『美しい』と言ってくれたのは、
お母さんと、この人だけ。

「ニャー！　あなたは、だぁれ？」

「わたしは、この森にすむ魔女。

カラスどもは、わたしの使い魔だ。

カラスにかわって、主人のわたしがあやまるよ。

いじわるしてすまなかったね。

またいじめられないうちに、気をつけてお帰り」

そう言って女の人は、森の中の家に入っていった。


たすけてくれたあの人に、お礼をしよう。

ぼくはカエルやトカゲをつかまえてきて、
魔女の家のドアをたたいた。

トントン。トントン。

「ニャー！　あけてニャー！」

すると、魔女がドアをあけて言う。

「おやおや、ノワール。どうしたんだい？」

「ニャー！　たすけてもらったお礼、もってきたの」

「わたしの使い魔が悪さしたのをとめただけ。

お礼なんて、しなくていいんだよ。

でも、せっかくだから、ありがたくいただいて、
かわりにひとつ、魔法をプレゼントしよう」

「ニャー！　魔法をプレゼント？」

「そう。のぞみを、ひとつだけかなえてあげる。

ほしいもの、なりたいもの、
なんでも言ってごらん」

ぼくは大よろこびで魔女にたのんだ。

「ニャーニャー！　おねがい！

ぼくを家族とおなじ、茶色のしましまネコにして！」

「こんなに美しい黒ネコを、ほかの色にかえるなんて、
もったいないねぇ。ほんとうにそれでいいのかい？」

「ニャー！　ほかにのぞみなんてないよ」

「じゃあ、そののぞみを、かなえてあげよう」

魔女がふしぎなじゅもんをとなえると、

ぼくは家族とおなじ、茶色のしましまネコになった。
これならもう、もらわれっ子だと言われたりしない。
黒ネコは不吉だって、こわがられることもない。
だれも不幸にしないから、家族のそばにいられる。
ぼくは大よろこびで魔女にお礼を言って、外へ出た。
黒ネコのぼくをいじめたカラスたちは、
茶色のしましまネコのぼくには、見むきもしない。

森を出て、おうちに帰ると、
ぼくを見たお母さんが、おどろいた顔で言う。

「ニャーオ、あなたどこの子？　まいごなの？」

「ニャー！　お母さん、ぼくだよ。ノワールだよ」

「ニャーオ、うちのノワールは、
ツヤツヤとぬれたように美しい毛の黒ネコよ」

「ニャー！　ぼくがそのノワールだよ！

森の魔女に、魔法をかけてもらったの！

不吉な黒ネコがそばにいると、
みんなが不幸になっちゃうから、
ぼくも茶色のしましまネコになったんだ！」
「ニャーオ、ふざけたこと言わないで！
魔法なんて、あるわけないでしょう！」
「ニャーニャー！　ほんとだよ。
ウソじゃないよ。ぼくはノワールなんだ」

そこへ、お父さんが帰ってきて、
くわえていた狩りのエモノをおいて言う。
「ニャオーン！　どうしたんだ？」
「ニャーオ！　この子がおかしなことを言うの。
自分はノワールだとか、
不吉な黒ネコがそばにいると、
みんなが不幸になってしまうから、
魔法でしましまネコになったとか」

「ニャオーン！　黒ネコが不吉だって？
バカなことを言うんじゃないよ。
わたしのお父さんは黒ネコだったが、
病気や不幸をよせつけない福《ふく》ネコだと、
人間たちに、だいじにされていた」
「ニャーオ！　わたしのおばあさんも言っていたわ。
黒ネコは、夜を守る神さまのお使いだよ。
黒い子ネコが生まれてきたら、だいじにおし。
その子はみんなを幸せにするよ、って」
そんな話、ぼくはしらない。
「ニャーニャー！　だってだって、
ネズミやスズメが言ってたんだ。
黒ネコは不吉だって。
近くにいると不幸になるって」
「ニャオーン！　どろぼうネズミや、
デタラメなウワサをまくおしゃべりスズメが、

なにを言ったかしらないがね。
悪者の不幸は、わたしたちには、いいことだ」
「ニャーオ！　自分のおうちへお帰り！
あなたは、うちの子じゃないでしょ！」
ぼくのおうちはここなのに、
お父さんもお母さんも、
こっちを見ている兄弟たちも、
ぼくがノワールだと気づいてくれない。

どうしてぼくは、
茶色いしましまネコになったんだろう。
ぼくだけが、まっ黒いネコだから、
みんなとおなじになりたかった。
でも、みんなとおなじになっちゃったら、
だれもぼくだとわかってくれない。
おうちに帰ることもできなくなって、

ぼくはなきながら、いま来た道をひきかえした。
もとの黒ネコにもどりたい。
ぼくだけ黒ネコに生まれたのは、
お父さんのお父さんが黒ネコだったからだ。
黒ネコは不吉どころか、
みんなを幸せにするネコだって、
お父さんもお母さんも言っていた。
ネズミやスズメには、こわがられたけど。
カラスには、いじめられたけど。
家族はみんな、ぼくが黒ネコでも、
愛してくれていたのに。
どうして、それをわすれていたんだろう?

ぼくはもういちど、魔女の家のドアをたたいた。

トントン。トントン。

「ニャーニャー！　あけてニャー！」

ドアをあけてくれた魔女が、ぼくにたずねる。
「おやおや、ノワール。こんどはなんだい？」
ぼくはなきながら、魔女にたのんだ。
「ニャーニャー！　おねがいニャー！
ぼくをもとの、黒ネコにもどして！」
魔女はこまった顔をした。
「わたしの魔法は、タダじゃないんだよ。
家族とおなじ、茶色いしましまネコに
なりたかったんじゃないのかい？」
「ニャーニャー！　あのときは、そう思ってた。
でも、ぼくは黒ネコなんだ。
茶色いしましまネコになったら、
家族はみんな、ぼくだと気づいてくれなかった。
だれにもぼくだとわかってもらえなかったら、
みんなとおなじになった意味がない！」
魔女は静かにほほえんで言う。

「じゃあ、もう二度と、ちがう毛色になりたいなんて言わないね？」

「ニャー！　言わないよ！

黒ネコは、みんなを幸せにするために生まれた、夜の神さまのお使いなんだ。

これからは黒ネコとして、胸をはって生きていく」

「だったら、黒ネコにもどしてあげてもいいよ。そのかわり、わたしの使い魔におなり」

「ニャー！　使い魔って、めしつかいだよね？めしつかいって、なにをすればいいの？」

「そうだね。おまえには、魔法をたのみにくる客に、手紙や魔法の道具をとどける仕事をしてもらう」

「ニャー！　それは人をしあわせにする魔法？こわい魔法のおてつだいは、できないよ」

「安心おし。わたしは仕事をえらぶ魔女だ。人を不幸にする魔法は使わない」

「ニャー！　だったらぼくは、
よろこんで、あなたの使い魔になって、
みんなを幸せにする、おてつだいをする！」
「約束したよ、ノワール。
これからは、わたしがおまえのご主人さまだ。
たくさんの人を幸せにするために、
しっかり働いてもらうからね」
そう言って、魔女はぼくの魔法をといて、
もとの黒ネコにもどしてくれたんだ。

黒ネコの姿でおうちにもどると、
こんどは家族に、あたたかくむかえられた。
「ニャンニャン！　ノワールだ！
ノワールが、帰ってきたよ！」
「ニャーオ！　いったいどこへ行っていたの。
なかなか帰ってこないから、しんぱいしたのよ」

「ニャオーン！　そろそろノワールも、
ぼうけんしたい年ごろなんだろう。
あそびに行くなとは言わないが、行き先だけは、
ちゃんとお母さんに言わないとダメだぞ」
「しんぱいかけて、ごめんなさい」
ちゃんと家族のところへもどることができて、
うれしくて、なみだが出てきた。
「ニャーオ！　おこってるんじゃないの。
なかないで。こんどから、気をつけるのよ」
お母さんがやさしく顔をなめてくれる。
ぼくはますますうれしくなって、
なきながら、わらった。

「じゃあ、もう二度と、
ちがう毛色になりたいなんて言わないね？」
ぼくにそう言った魔女のご主人さまは、

なにがあったか、すべてしっていたのかもしれない。
「ありがとう、ご主人さま。
ぼくは、ご主人さまの魔法で、
みんなとおなじ、しましまネコにしてもらって、
はじめて、自分が幸せだったことに気づいた。
きっと、自分は不幸だと思っていた黒ネコに、
しあわせの魔法をかけてくれたんだね」
そんなご主人さまのおてつだいをするぼくも、
これからは、たくさんの人を幸せにできるはず。
黒ネコに生まれてよかった。
ぼくはいま、心からそう思っているんだ。

おしまい

1．思い出の十月桜

十月はいろいろイベントが多い。

プライベートでは、功一の二冊目の絵本が発売された。

絵本発売日前日——十月十四日は光彦の六歳の誕生日で、二十七日は、明彦の三十三歳の誕生日。

幼稚園では、第一週に秋のバザー、第二週に運動会と、保護者参加の行事が続いた。

そしてここからは園児のみの行事だが、十月中旬に秋恒例《こうれい》の芋掘《いもほ》り遠足があり、十月最後の金曜日には、毎月行なわれる園外保育がある。

今月の園外保育は、ちょっと遠くの大きな公園へ行って、ピクニックするらしい。

幼稚園行事の連絡プリントに書いてあった公園の名前を見て、功一は思わず「あっ」と声を漏らした。

「……この公園、十月桜があるところだ。懐かしいなぁ……」

あれは、明彦が二十代最後の誕生日を迎える間際のことだ。

当時功一は十九歳で、光彦は二歳になったばかりだった。

その一年前、初めて三人で明彦の誕生日を祝ったのだが——そのときはサプライズパーティーで、早くに両親を交通事故で亡くした明彦は、『家族に誕生日を祝ってもらうなんて、十八年ぶりだ』と、涙ぐむほど喜んでくれた。

けれど今年は二度目だから、さすがに感動が薄れるだろう。

功一の誕生日には、みんなで外食して、明彦が平井さんに光彦の子守を頼み、日を改めての『休日デート』をプレゼントしてくれた。それが嬉しかったから、功一も何か明彦にプレゼントしたい。

ご馳走《ちそう》を作ってお祝いするだけでも、喜んでくれると思うけれど——功一は専業主夫だから、材料を買うお金は明彦の懐《ふところ》から出ている。それを思うと、なおさらほかにも何かしてあげたくて、必死で知恵を絞ったのだ。

けれど、収入のない身では選択肢《し》が少なく、なかなかいいアイデアが浮かばない。

悩んだ末、当時高校一年生だった啓介に相談すると、『散歩がてら、十月桜を見に行くってのもいいんじゃない？　苦手な教科を教えてくれるんだったら、ベビーシッターくらい引き受けるし。二人でデートしてくれば？』と提案してくれた。

十月桜は、十月下旬から一月くらいまで、長期間少しずつ咲き続け、春に二度咲きするらしい。秋に咲く桜なんて、見たことも聞いたこともなかったし。そんなこと、よほど花に詳しくないと知らないだろう。

そう思って、明彦の誕生日プレゼント代わりに、桜のことは内緒にして、ピクニックデートに誘ったのだ。

実際にデートしたのは、二日後の日曜日。

『明彦さん。ほら、あれ……十月桜ですよ』

『桜……？　もうすぐ十一月なのに……』

驚いた様子で桜を見上げた明彦は、『秋咲きの桜なんて初めて見た』と喜んでくれた。

光彦にも見せてあげたかったけど、まだ二歳になったばかりの幼児が、『桜は春に咲く』という常識を理解しているとは思えない。

意外性に驚かなければ、感動が薄くなってしまうから、光彦がもう少し大きくなるまで、明彦と二人だけの秘密にしておくことにした。

以来、まだ三人で十月桜を見に行ったことがない。

功一はその夜、光彦が寝たあとで、明彦に聞いてみた。

「ねえ……明彦さん。二人で十月桜を見に行ったこと、憶えてますか？」

リビングのソファに座っていた明彦の隣に腰を下ろすと、明彦は功一の肩を抱き寄せ、懐かしそうに微笑みながら、キスでもしそうな甘いムードで功一を見つめて囁く。

「君とデートした日のことを、忘れるわけないだろう。澄んだ秋空に、薄いピンクの小さな花が、可愛らしく咲いていた。君みたいに……」

真顔でクサいセリフを言われ、嬉しいけれど気恥ずかしくて、明彦に相談するつもりで考えていたセリフが飛んでしまった。

黙っていると、明彦がしみじみとした口調で誘う。

「あれからもう四年も経つんだね。まだあの公園へ、十月桜を見に行くかい？　今度は光彦を連れて……」

楽しい計画に心躍《おど》らせている様子の明彦に、水を差すのは可哀想だが、功一が本当に言いたかったのはここからだ。

「……そのつもりだったんですけど……実は二十九日の園外保育で、みーくん、あの公園へ、ピクニックしに行くんです」

本題を告《つ》げると、明彦は呆然とした様子で、しばし沈黙。

「……そうか。幼稚園行事で行くのか……。あの公園に連れて行って、季節外《はず》れの桜を見せて、驚く光彦の顔を見たかったんだが……」

功一も肩を竦《すく》めて相槌《あいづち》を打つ。

「ええ。俺もです。いつかみーくんを驚かす日が楽しみで、意図的《いとてき》にあそこへ行くのは避けていたでしょ。初めて行く公園だから、みーくん、すっごく楽しみにしているのに、幼稚園のおともだちと行く前に連れて行ったら、ワクワク感が薄れちゃいますよね？」

「……そうだね……」

明彦はガックリと肩を落とし、気が抜けた風船のように項垂《うなだ》れてしまった。

「大丈夫ですか？　明彦さん？」

功一が声をかけると、無理やり笑おうとして笑えなかった顔で頷く。

「あ……ああ。もっと早く光彦を連れて行けばよかったよ。あの頃はまだ、自我が目覚めたばかりだったが、光彦はもう幼稚園の年長組で、来年は小学生だ。子供が大きくなるのは、あっという間だな……」

「ガッカリした気持ちは解るけど、元気出してくださいね」

甘やかすような優しい声で励《はげ》ますと、明彦は堰《せき》を切ったように、内にこもった不満を吐き出した。

「元気を出したいのは山々だが、いきなり突きつけられた現実に、心がついていけないんだ。例えるなら、家族で外食するつもりで、ずっと前からレストランを予約していたのに、

『友達とカラオケ行くからパス！』なんて言われたような気分なんだよ。そのうちきっと、誕生日もクリスマスも、小遣いだけちゃっかりせびって、友達や恋人を優先するようになる。そう思ったら、覚悟していたはずなのに、さすがにショックが大きくて……」

　クッと唇を噛んで涙を呑んだ明彦は、仕事が趣味の働き者だが、家庭も大事にしている。未《いま》だに新婚気分で功一を熱愛している愛妻家で、日曜日は光彦のために予定を空《あ》けている子煩悩《こぼんのう》な父親だ。可愛い一人息子が親離れする遠い未来が、実はそう遠くないと感じて、ヘコんでしまうのも無理はない。

「俺もみーくんが幼稚園に入園して、急に一人の時間ができたとき、似たような気分を味わいました。今のあなたの気持ち、よく解ります」

　功一はそれがきっかけで、生き甲斐になる仕事を探し始めたのだ。

　でも、すぐにやりたいことなんか見つからなくて、『とりあえず何かしたいなら、運転免許を取ったらどうだい？』と、明彦が教習所に行くお金を出してくれた。

　家族三人で暮らすのも幸せだけど、光彦が巣立って行ったら、そのときは、二人きりの暮らしでしか味わえない幸せがある。そう言って励ましてくれたのも明彦だ。

「親離れされても、いいじゃないですか。みーくんがちっちゃかった頃は、平井さんや啓介くんに子守を頼んで、二人っきりになる時間を無理やり作っていたんですよ。あなた、俺を独り占《じ》めしたかったんでしょう？　みーくんが友達や恋人を優先するようになったら、いくらでも独り占めできますよ」

そこで明彦はようやくいつもの自分を取り戻し、自然に口許《くちもと》を綻《ほころ》ばせた。

「うん。ものは考えようだ。僕には君がいてくれる。いつ親離れされても悔《く》いが残らないよう、精いっぱい光彦を可愛がって、いつか巣立っていくときは、笑顔で見送ろう。少し離れたところから、黙って見守ってやることも、大切な親の役割だ。僕は光彦にとって、いつでも必ずそこに在《あ》って、疲れたときは、安心して羽根を休められる大きな木でありたい。光彦がのびのびと、全力で飛んでいけるように……」

それはきっと明彦自身が、親の庇護《ひご》を必要としていた時期に欲していたものだろう。孤独に耐えてきた明彦の過去を思うと、愛《いと》おしくてたまらなくなる。

功一は慈愛に満ちた眼差しで明彦を見つめ、優しく響く静かな声で語りかけた。

「じゃあ俺は、豊かな大地でありたいです。あなたがしっかりと根を張って、どっしりと自分を支え、青々と葉を茂《しげ》らせていられるように……」

「功一くん……！」

感極《かんきわ》まった明彦が、功一を正面からぎゅっと抱きしめて言う。

「君は僕の大地だよ！　僕も君の中にしっかりと根を張って、どっしりと太い幹《みき》で体を支え、青々と元気に葉を茂らせ、たっぷり樹液を滴《したた》らせたい……！」

真面目な話をしていたはずなのに、いつの間にかシモネタ風味になっている……？

まあ……欲求不満の明彦が、話をそっちにもって行きたがるのも無理はない。功一は先月から、幼稚園のバザー用に——実は明彦の誕生日プレゼントの試作品だが——シルバークレイアクセサリー作りで忙しくて、あっちのほうは、しばらくご無沙汰《ぶさた》だった。

バザーが終わると、運動会で休みが潰れたし。

二冊目の出版祝いをもらった流れで、光彦の誕生日に愛し合ったが、今度は新作絵本の本文原稿執筆《しっぴつ》で忙しくなって、あまり明彦を構ってあげていない。

明日はちょうど休日だし。功一としても、求められれば応じるつもりでいるけれど、その前に、話しておきたいことがある。

功一は両手でやんわり明彦を押し戻し、見つめ合える距離を取った。

「さっきの話の続きですけど……みーくんが幼稚園行事であの公園に行くなら、その前日に、十月桜のことを教えてあげたらどうでしょう？　本当は家族三人で見たかったけど、この時期に現地へ行けば、俺たちの知らないところで、十月桜の存在に気づくかもしれません。でも、予《あらかじ》め教えておけば、『秋に桜が咲く』と知ったみーくんの反応を見ることができるし。みーくんも、桜を見に行く楽しみが増えるでしょ。当日、おともだちと一緒に十月桜を探せば、宝探しみたいで楽しいんじゃないでしょうか？」

「……そうだね。幼稚園のおともだちと一緒に見ても、光彦にとって、きっと心に残る思い出になるに違いない」

明彦は、一人息子の笑顔を思い浮かべているのだろう。ふっと優しく目尻《めじり》を下げた。

「じゃあ俺、園外保育の前日にでも、桜の咲き具合を見に行って、園内マップをもらってきます。地図を持っているほうが、探しやすいと思うから」

「うん。頼むよ」

功一の言葉に頷いた明彦は、今度は違うニュアンスで笑いながら言う。

「君は本当に、光彦のいい母親で、僕にとっては最高の妻だよ。僕を励まして元気にするのも、喜ばせるのも、とても上手だ」

顔つきからして、その言葉には、表の意味と裏の意味がありそうだ。

案の定、明彦は再び夜の誘いを口にした。

「これから僕を、もっと元気にして、喜ばせてくれないか？　僕の部屋で……」

光彦に二人の関係を気づかせるのは、教育上よろしくないので、『セクシャルなふれあいをするのは、鍵を取り付けた明彦の寝室だけ』と決めている。

つまり、あとは寝るだけのパジャマ姿で明彦の部屋へ行けば、夜の誘いに応じたことになるわけだ。

「あなたがもっと元気になるよう、励ましてあげてもいいですよ。さっき項垂れていたあなたを見て、『慰《なぐさ》めてあげたい』と思ったから……」

「じゃあ行こう」

立ち上がった明彦が手を差し伸べ、功一もその手を取って立ち上がった。

手をつないだまま、明彦の寝室へ行って鍵を閉め、ベッドの縁に並んで腰掛ける。

「愛してるよ、功一くん」

明彦が功一の肩を抱き寄せ、戯《たわむ》れるようにそっと唇をついばむ。

「俺も、愛してます」

功一もそっとキスを返して、次第に口づけが深くなっていく。

パジャマ越しに功一の背中を愛撫していた明彦の手が、やがてパジャマの中に忍び込み、背中をじかに撫で始めた。

功一も明彦のパジャマのボタンを外し、たくましい胸をはだけさせ、甘えるように縋《すが》りついて言う。

「俺……あなたに激しく抱かれるのも好きだけど、こうしてあなたの命の鼓動を聞くのも好きなんです。規則正しく、力強く脈打っていて……すごく安心する……」

すると明彦も、功一の髪を優しく撫でながら、秘密を打ち明けるように囁いた。

「僕も君を抱きしめていると、心が温かいもので満たされる。でも、だんだんヒートアップして、胸のドラムが、君が好きだと叫び始める。僕の魂の歌が聞こえるかい？」

気障《きざ》を通り越して、ちょっと寒い口説《くど》き文句だが——五年もこうして口説かれていればさすがに慣れるし、愛する人に言われれば、クサくても嬉しい。

功一はそれをナチュラルに受け止め、微笑みながら囁き返す。

「聞こえます。アップテンポの激しいリズムで、情熱的に歌ってる……」

そこで明彦は、今度は功一の手をつかみ、自分の股間に導いていく。

「僕のサックスも、アップテンポの激しいメロディをエネルギッシュに奏で始めた。君の手と口で、こいつを思いっきり泣かせてやってくれ」

「いいですよ」

功一は頬を染めてはにかむように微笑《ほほえ》みながら承諾し、ベッドに腰を下ろした明彦の股《こ》間《かん》に顔をうずめた。

たくましい明彦の分身に口づけ、巧みに手と舌と唇を使って愛撫すると、明彦が感じてため息を漏らす。

「ああ……」

心を震わせる、甘く切ない音色《ねいろ》だ。

上目遣いで様子を見ると、明彦と目が合った。

「すごくいいよ。君は……本当に、僕を喜ばせるのが上手だね」

明彦は愛しげに微笑みながら、功一の髪を優しく撫でる。

悦《よろこ》んでくれていると思うと嬉しくて、功一は夢中で明彦の欲望を銜《くわ》えてしゃぶった。

すると、明彦の欲望が歓喜に震え、ますます元気になっていく。

「ああ……。もう……イキそうだ……！」

明彦が限界を訴えたので、絶頂を促《うなが》すように吸いつくと、功一の口内で明彦の欲望が弾《はじ》けた。

それを飲み下すと、明彦が満足げに微笑んで言う。

「ありがとう、功一くん。すごく気持ちよかった。今度は僕が、君を楽しませてあげるよ」

明彦は功一のパジャマの上着を脱がせ、白く平らな胸を撫でながら、二つの乳首を掌《てのひら》でそっと転がした。

「あんっ！」

功一は感じてピクンとのけ反り、切なげな顔をする。

「とてもいい音で鳴る鈴だね。もっと鳴らしてみよう」

明彦は功一をベッドに押し倒し、二つの乳首を指で弾いて、摘《つ》まんで捏《こ》ね回す。

「ああんっ！　ダメェ……っ！」

巧《たく》みなタッチで刺激され、感じやすい功一は、喘《あえ》ぎ、身悶《みもだ》えながら、必死で胸を隠そうとする。

「隠しちゃダメだろう。それじゃ、君の可愛い鈴を鳴らせない」

「ぃやあんっ！　もう……ここばっかり、いじらないでぇ……っ！」

「どうして？　本当はイヤじゃないくせに。君はときどき嘘つきだね。でも、君のソプラノリコーダーは、とても正直だ」

明彦は功一の耳元で囁きながら、すっかり興奮している功一の分身に手を伸ばした。

わざわざ『ソプラノ』とつける辺《あた》り、小ぶりだと言われているようで屈辱だが、明彦の手で愛撫され、思わず漏れた音色は確かに、裏返った男声ソプラノだ。

「ああっ！　あ……！　あん……っ！」

「鈴もいいけど、リコーダーもいい音色だ……。でも、ソロで演奏するよりコンビのほうが、曲に深みが出るかな？」

笑みを含んだ声でそう言いながら、明彦は功一の腰の下に枕を入れて、両脚を抱えて開かせた。

そうして、前を扱きながら、尻の谷間に舌を這《は》わせる。

「ひあぁんっ！」

功一が感じて思わず腰を振ると、気をよくした明彦は、谷間の窪《くぼ》みにしっとりキスして、功一を蕩《とろ》けさせた。

さらに、舌先でそこをつついて、窪みの中に舌を差し込み、粘膜《ねんまく》をくすぐるようになぞっていく。

「ああんっ！　明彦さ……っ、ああ……っ！」

明彦は唾液《だえき》で潤《うるお》わせたそこに、今度はゆっくりと指を入れ、心地いい振動を加えながら、中を淫らに掻き回す。

興奮して敏感になった快感スポットをピンポイントで刺激されると、功一はどうしようもなく感じてしまう。

「やぁ……っ！　あ……ダメ……！　あああああ……っ！」

抱かれることに慣れているから、直接欲望に触れられずとも、ここを刺激されるだけでイケる。

功一はすぐに絶頂を迎えた。

でも、体内で蠢《うごめ》く指は動きを止めず、むしろ指を増やして激しく功一を翻弄《ほんろう》する。

再び欲望が萌《きざ》し始めた。

指で刺激されるだけでも気持ちいいけど、明彦のたくましいもので貫《つらぬ》かれたくてたまらない。

もどかしさに耐えられなくなり、功一は切なさに身悶えながら、切迫した声で明彦にねだる。

「も……いいから、来て……」

明彦は指を抜いて、功一の尻の谷間に怒張《どちょう》を押し当て、嬉しそうにニヤつきながら問う。

「指より、こっちのほうが好き？」

取り繕《つくろ》う余裕などなく、功一は素直に肯定する。

「好き……！　だから早く……！　それ、入れて……！」

「いいよ。君が大好きなものを、入れてあげる。僕のコレも、君の中が大好きなんだ」

囁きながら、明彦は功一の中にそれを押し込んできた。

「ああ……っ！　すごい……」

明彦の昂《たかぶ》る分身が、功一の中で大きく脈打つ。

「君もすごいよ。しっとりと僕に絡みついて、もっと奥まで誘い込もうとする……」

明彦は快感に掠れた声で囁き、ゆっくりと腰を使い始めた。

「あ…っ、あ…ああっ、あああんっ！」

巧みな腰使いで体内を掻き回され、引き出されては奥まで突かれ、揺さぶられて、どうにかなりそうだ。

功一が切なく喘ぐと、明彦も息を乱して、ちょっと掠《かす》れたセクシーな声で囁く。

「愛しているよ、功一くん。こんなに好きになったのは、君だけだ。僕の愛を、受け止めてくれ……」

囁きに素肌をくすぐられ、それが引き金になって、功一はまた、絶頂を迎えた。

すると明彦も、つられたように功一の中で情熱を迸《ほとばし》らせる。

明彦の愛情を注ぎ込まれているようで、いつもこの瞬間、歓喜に胸が震えてしまう。

行為が終わったあとも、明彦は余韻《よいん》に浸りながら、功一を腕枕で懐に抱き、背中を優しく撫でてくれる。

功一は明彦の裸の胸に頬をすり寄せ、次第にスローテンポになっていく胸の鼓動を聞きながら、うっとりと心地よさそうな笑みを漏らして目を閉じた。

「……なんだか、眠くなっちゃった……。このまま……少しだけ、あなたの腕の中で、眠らせてください……」

明彦は功一の額にそっと口づけを落とし、まどろみかけた功一の意識を揺り起こさぬよう、低く静かな声で囁く。

「このまま、眠っても構わないよ。あとで僕が、君を部屋へ運んであげるから」

「じゃあ……そうさせてもらいます」

心地いい温《ぬく》もりに包まれて、功一はいつしか、眠りの淵《ふち》に引き込まれていった。

◇◆◇

園外保育の前日。公園へ行ってみると、十月桜が、すでにほっこりと可愛らしい花をつけていた。

「よかった。これなら桜の花見ができそうだ」

その日の夜、功一は夕飯の席で、こう切り出した。

「みーくん。明日の天気予報は晴れだって。ピクニック遠足、楽しみだね」

光彦は満面の笑顔で「うんっ！」と頷く。

「公園の桜の木の下で、お花見できるよ」

功一が桜の話をしたので、明彦も意味ありげな笑みを浮かべて功一を見て、光彦に視線を移す。

光彦はきょとんとした顔で指摘する。

「サクラのおはながさくのは、ハルだよ」

そこで功一は、ニッコリしながら光彦に教えた。

「あの公園には、『十月桜』っていう、秋に咲く桜の木があるんだ」

「ホントに、サクラのおはながさいてるの？」

「咲いてるよ。秋咲きの十月桜は、春に咲き乱れる桜のように、一気に満開にはならないけど、十月頃から少しずつ咲き始めて、一月上旬くらいまで咲き続ける。それから少しお休みして、春になったらまた咲くんだ」

光彦は瞳を輝かせ、感嘆の笑みを浮かべて言う。

「すごーい！　なんかいも、おはなみできちゃうね！」

「そうだね。ちゃんと咲いてるかどうか、確認してきたよ。いい具合に咲いてた」

功一は園内マップを取り出し、十月桜が公園のどの辺りにあるのか説明する。

「十月桜はここ――いろんな種類の桜の木がいっぱいあるお花見スポットと、ここ――管理事務所の近くにあるから、おともだちと一緒に探してごらん。普通の桜は花びらが五枚だけど、十月桜は八重咲きだから、もっとたくさん花びらがある。でも、見ればすぐ

『これが十月桜だな』って判ると思うよ」

「うんっ！」

光彦は、明日が来るのが待ち遠しくて、ワクワクしている顔で笑って頷いた。


光彦が寝たあとで、功一は思い出し笑いを浮かべながら、明彦に言う。

「やっぱり、十月桜のこと、教えてあげてよかったですね」

するとと明彦も、嬉しそうに目を細めた。

「ああ。光彦のヤツ、『明日が楽しみでたまらない』と言いたげに、瞳をキラキラさせていた。できれば一緒に桜を見たかったが——あの笑顔が見れただけでもよしとしよう。きっと明日は、土産《みやげ》話をたくさん聞かせてくれるだろうしね」

「ええ。明日の朝も、みーくんのために気合いを入れて、可愛いお弁当を作らなきゃ。幼稚園児のお弁当は、いろいろ手がかかって大変だけど、遊び心を刺激されて、結構楽しいんです」

するとと明彦が興味深げな顔をする。

「遊び心って……僕の弁当は普通の弁当だし、運動会のときも、重箱に詰めた普通の行楽《こうらく》弁当だったけど、光彦にはいったいどんな弁当を持たせているんだい？」

「デコ弁とか、キャラ弁ってヤツですよ。おにぎりやオカズを動物とかの形に作って、デコレーションするんです」

明彦はそれを聞いて優しく微笑んだ。

「本当に君は、いい母親だ。光彦は幸せだよ」

「幸せだと思って欲しくて、頑張っているんです。俺は男で、継母《ままはは》だけど、ほかの子のママに負けないくらい、いい母親になりたい。みーくんはまだ幼いから、今は俺のこと、ママだと思ってくれているけど……そのうちきっと、『なにかおかしい』って気づくはず。そのとき、男でも継母でも、俺が母親でよかったと思ってほしいから……」

いつ親離れされても悔《く》いが残らないよう、精いっぱい光彦を可愛がってやりたい。

明彦がそう思っているように、功一も全力で光彦を愛したいのだ。

2. 秋の公園ピクニック

今日は予報通りのいいお天気で、空は青く澄み渡り、ふわふわと綿菓子みたいな雲がまばらに浮かんでいる。

起こされなくても決まった時間に自然に目覚《めざ》める光彦は、いつもよりちょっと早起きして、嬉しそうにニコニコしながら朝の身支度を終えた。

「はやくいこ～！」

待ちきれない様子で早々とリュックサックを背負い、水筒を斜め掛けした遠足ルックで功一を急《せ》かす。

「そんなに急がなくても、充分間に合うよ」

マンションを出て、幼稚園に向かって歩いていると、なかよしのちづるちゃんとユミちゃんが、声をそろえて挨拶しながら駆け寄ってきた。

「おはよう、みーくん！」

光彦も笑顔で答える。

「おはよう！　いいおてんきでよかったね！」

「うん。ぜったいはれてほしかったから、きのう、てるてるボウズいっぱいつくったの」

「ねーっ！」

女の子二人はニッコリと顔を見合わせ、小首を傾げた。どうやら昨日はちづるちゃんの家で、二人でてるてる坊主《ぼうず》を作ったらしい。

ちづるちゃんママとユミちゃんママもなかよしだから、二人はいつも一緒に遊んでいる。功一は去年の一月——デビュー作を描くきっかけとなった老犬《ろうけん》タロが死んだとき、タロの飼い主のおじいちゃんに、ちづるちゃんの家で生まれた子犬を紹介した。その縁《えん》でちづるちゃんママと『ママ友』になり、光彦も降園後、ちづるちゃんたちと一緒に遊ぶようになっていたが——。

年長組に進級して間もなく、光彦は延長保育組に入ったから、二人と一緒に遊べるのは、幼稚園の通常保育時間と、休みの日に遊ぶ約束をしたときだけだ。

ちづるちゃんとユミちゃんは、光彦を真ん中にして、なかよく手をつないで歩き出した。子供たちの後ろをついて歩きながら、ちづるちゃんママが意外そうに言う。

「今日はアリサちゃん、一緒じゃないのね」

「ええ。いつもうちのマンションに近い交差点で、みーくんが通りかかるのを待ってるのに、今日はいませんでした。一緒に行く約束をしてるわけじゃないから、そのまま来ちゃったんですけど……」

功一がそう答えると、ママさん二人が振り返って確認した。

「追いかけてくる様子もないわね」

「どうしたのかしら？」

ちづるちゃんも後ろを気にしながら、ヒソヒソ噂する。

「アリサちゃん、いないほうが、しずかでいいよね」

ユミちゃんも、ちょっぴり後ろめたそうに声をひそめて相槌を打つ。

「アリサちゃんがいると、すぐケンカになっちゃうもんね」

確かに、アリサちゃんには悪いけど、女の子が一人減ると、静かで和《なご》やかに登園できる。いつもは二本しかない光彦の手を、女の子三人で奪い合い、団子《だんご》になって登園するから危ないし。にぎやかすぎて、ご近所さんが迷惑しないか、心配することもあるほどだ。

幼稚園に着くと、功一とママさんたちは子供たちを先生に預け、笑顔で手を振り、今来た道を帰っていく。

子供たちは陽当たりのいい園庭の一角に固まって、なかよくおしゃべりを始めた。

「きょう、ピクニックにいくこうえん、きれいなおはながいっぱいさいてるよ。ユミ、ごがつに、こうえんのなかにある、フランスふうのおにわのバラえんに、つれてってもらったの。じゅうがつにもさくんだって」

ユミちゃんがそう言ったので、光彦も十月桜の話をしようとしたけれど。

でも、いきなり見せたほうが、ビックリしてよろこぶかな？

迷っていると、先にちづるちゃんが言う。

「きれいなおはながさいてるところで、おべんとうたべたいな。いっしょにたべようね」

するとユミちゃんが、誇《ほこ》らしげにお弁当自慢を始め、話すチャンスをなくしてしまった。

「ユミのおべんとう、キューティーちゃんとミルフィーちゃんのキャラべんなの。こーいちくんのおべんとう、いつもきれいでかわいいから、ユミのママも、ユミのために、がんばってくれたんだ♪」

キューティーちゃんとミルフィーちゃんは、幅広い年代に支持されているテーマパーク『ファンタジーランド』の人気キャラクターだ。

「フッ……。ファンタジーランドのキャラべんでよろこぶなんて、ようちねぇ」

幼稚園児を幼稚《ようち》と笑った幼稚園児は、キッズモデルをしている美幼女アリサちゃんだ。

噂をすれば影。いつの間にかアリサちゃんが、ちづるちゃんとユミちゃんのすぐ後ろで、見下すように腰に手を当て、胸を反《そ》らして立っている。

でも、すぐに可愛らしく胸の前で手を組み、さっきとは別人のように甘い声で、可愛らしく光彦に言い寄っていく。

「おはよう、みーくん♡」

「おはよう、アリサちゃん」

光彦が微笑むと、アリサちゃんは舞い上がって、嬉しそうに光彦の手を両手で握って口説き始める。

「みーくん♡　きょうはアリサとふたりで、おべんとうたべましょう。アリサ、ゆうめいなフランスじんシェフがつくった、ゴージャスなフレンチべんとうをもってきたの。たべてみたいものがあったら、あじみさせてあげる♡」

おそらくアリサちゃんがいつもより遅れて来たのは、有名なシェフが作ったフレンチ弁当を持ってくるためだろう。

「みーくんは、わたしたちと、おべんとうたべるやくそくしたのよ！　あとからきて、かってなこといわないで！」

ちづるちゃんが噛みつきそうな剣幕でアリサちゃんに文句を言い、幼稚と笑われたユミちゃんも、プリプリ怒って言い返す。

「なにがフレンチべんとうよ。ママがてぬきして、おみせでかっただけでしょ！」

光彦は困った顔で三人を宥《なだ》めた。

「みんないっしょにたべよう。おおぜいでたべるほうが、にぎやかでたのしいよ」

そこへ乱暴者のツヨシくんがやってきて、光彦とアリサちゃんの間に割り込んだ。

「そうだな〜。いっしょにべんとうたべようぜぇ。おおぜいでたべるほうが、にぎやかでたのしいぞ〜」

ツヨシくんはそう言いながら、アリサちゃんを見てニヤニヤしている。

ツヨシくんがアリサちゃんに気があることは周知の事実だが、アリサちゃんは、意地悪ばかりするお行儀《ぎょうぎ》の悪いツヨシくんが大嫌いだ。

「あっちへいってよ！　アンタは、おとこのこのグループにいれてもらえばいいでしょ！」

「ミツヒコだって、おとこじゃねーか！　へーん！　このオトコオンナ〜！　オマエなんか、ミツヒコじゃなくて、ミツコでじゅうぶんだ〜！」

「なんですってぇ〜!?」

今度は女の子三人そろって、ツヨシくんに牙《きば》を剥《む》く。

「アリサちゃんにフラれたからって、みーくんにやつあたりしないで！」

「みーくんのわるくちいったら、ゆるさないから！」

「あんたなんか、ブオトコのくせに！　みーくんがカワイイからって、ひがむんじゃないわよ！」

三人寄ればケンカを始める女の子たちも、こういうときは息がピッタリで仲がいい。

当の光彦は、ツヨシくんに『オトコオンナ』と言われたくらいで、いちいち怒ったりしない平和主義者だ。

「ケンカはダメだよ。みんななかよく、いっしょにおべんとうたべよう」

ツヨシくんは素直じゃないので、光彦にそう言われて、「へーん！」とそっぽを向いた。

「オトコオンナといっしょにたべたら、べんとうがマズくならぁ！」

ツヨシくんが仲間に加わらないと判った途端、近くにいたほかの女の子たちがわらわらと集まってきて、「わたしもなかまにいれて」と口々に言う。

「いいよ。みんなでおはなみしながら、いっしょにおべんとうたべよう」

誰にでもいい顔をする光彦に、ちづるちゃんとユミちゃんは不満げな顔をしたが、反対意見を唱《とな》えて、自分の株を下げるようなマネはしない。

アリサちゃんだけが、「みーくんとふたりでたべたかったのに～！」と、あからさまに嫌な顔をして、ブツブツ文句を言っている。

次々と園児たちが登園し、集合時間が近づいてくると、たんぽぽ組担当の木島《きじま》みどり先生が、大きな声で園児たちに呼びかけた。

「みんなそろったら、でかけま〜す！　二列にならんでくださ〜い！」

「は〜い！」

年長組の園児たちは、年少組の園児と比べて聞きわけがいい。今日は特に、早く出発したくてウズウズしているから、おとなしく出席番号順に整列する。

公園にピクニックに行く年長組は二クラス。といっても少人数クラスの幼稚園なので、大人数クラスなら、一クラス分の人数だ。

担任の先生が点呼《てんこ》を取って人数を確認し、園児全員そろったところで、年長学年主任の先生と、クラス担任の先生に引率《いんそつ》されて公園へ向かう。

今日の園外保育の目的は、見事に整備された庭園や、人工的に森や湿地を再現した緑豊かな公園で、自然を観察しながら体験学習することだ。

公園へ向かう園児たちは、遠足気分で二ッコニコ。隣同士や前後にいる子とワイワイ楽しくおしゃべりしながら歩いている。

ちなみに、光彦とアリサちゃんは前方の隣同士。ちづるちゃんとユミちゃんは列の後方で、ツヨシくんは真ん中の辺りだ。

アリサちゃんは恵まれたポジションを生かして、しきりに光彦に話しかけている。

「ねえ、みーくん♡　アリサとふたりで、てをつないで、プラタナスなみきをおさんぽしましょうね♡　みーくんとアリサ、びなんびじょのカップルで、えになるとおもうの♡」

光彦は天然なので、ときどきおかしな勘違いをしてしまう。

「プラタナスなみき、おえかきしてるひとがいるの？」

アリサちゃんはじれったそうに言い直した。

「そういうイミじゃなくて、おにあいだっていってるのよ。ようちえんのなかで、おんなのこはアリサ、おとこのこはみーくんが、いちばんカワイイじゃない？」

光彦は、アリサちゃんの言葉を否定しないが、『一番』という点については、肯定もしない。

「ちづるちゃんも、ユミちゃんも、ひとみちゃんも、めぐみちゃんも、マイちゃんも、のえちゃんも、みーんなカワイイよ？」

光彦は、『そういうの、順番つけるのよくないんじゃないかな？』と思っているだけだが――ボキャブラリーが少なくて言葉が足《た》りず、おっとりしていて、しゃべるタイミングを逃しやすいから、よく誤解されてしまう。主に、アリサちゃんとツヨシくんに。

「アリサ。こんなチャラいオトコ、あいてにすんな！　フタマタどころか、ナナマタかけるつもりだぞ！」

　いつの間にかツヨシくんが、列を乱して後ろに来ていた。

　アリサちゃんは、すっごくイヤそうな顔でツヨシくんに言う。

「アンタ、なんでこんなトコにいるの⁉」

「アリサがミツヒコにだまされないよう、ちゅうこくしにきてやったんだ！　ミツヒコは、『みんなイチバンだよ』とかいって、だれにでもいいカオするヤツだからな！」

「おおきなおせわよ！　アリサだけなかまはずれにされるくらいなら、ナナマタでもかまうもんですか！　いまはおおぜいのなかのひとりでも、いつかぜったい、アリサがみーくんのイチバンになるんだからっっ！」

　光彦の隣で口喧嘩している二人を、みどり先生が振り返って注意する。

「ちょっとそこ！　幼稚園児が大声で、マセた会話しないの！　通りかかった人が聞いたら、ビックリするでしょ！」

「アリサのせいじゃないわ！　ツヨシくんが、かってにまえにきて、みーくんのわるぐちいうんだもん！」

「ツヨシくん。ちゃんと順番を守って歩きましょうね」

みどり先生をナメきっているツヨシくんは、「へーん！」と鼻先でせせら笑う。

「どこにいたって、いーだろ～！」

「いけません！　幼稚園の外へ行くときは、出席番号順で、二列に並ぶって決まっているの。そんなに前を歩きたいなら、先生の隣にいらっしゃい」

「やーだよー！」

べーッとアッカンベして後ろのほうへ戻っていったツヨシくんは、すっかりヘソを曲げ、ほかの園児に八つ当たりし始めた。

「うわぁ～んっ！　ツヨシくんがアシふんだ～！」

「ツヨシくんがカミひっぱった～！」

慌ててツヨシくんを止めに行ったみどり先生が、引き攣《つ》った笑みを浮かべて言う。

「やっぱりツヨシくんは、一番前で、先生と手をつないで歩いたほうがよさそうね」

「ヤダヤダ！」

「ヤダじゃありません！　もう決めました！」

　年長組の幼稚園児一行は、ようやく目的地の公園に到着し、門の向こうの入場ゲートを通過して敷地内へ入った。

園路を南へ歩いていくと、自然観察フィールドになっている、人工的に作られた森がある。

「森を観察する前に、ちょっと休憩します。トイレに行きたい人は、行っておいてくださいね」

トイレ休憩している間に、光彦は園内マップで現在位置を確認した。平仮名とカタカナしか読めないが、重要な箇所は、功一がルビをふってくれているから、なんとなく解る。

どうやら森エリアは、十月桜がある場所とは方向が違うようだ。

でも、まだ時間はたっぷりある。公園内を一周するらしいから、お弁当タイムまでに十月桜を見つけられるだろう。

トイレ休憩を終えた園児たちは、森の中の池を一周する観察路へ進んでいった。

ネコジャラシに似たチカラシバが生《は》えている場所の近くに、赤い実をつけた低木がある。

「あっ！　きのエダに、トリさんがとまってる！」

ちづるちゃんが指差したほうを見てみると、確かに、地味な色の鳥が枝にとまっていた。

もの知り博士のスグルくんが、鳥と木の名前を教えてくれる。

「あれはヒヨドリですね。ガマズミの実を食べにきたんでしょう」

続いてユミちゃんが別の鳥を見つけて叫んだ。

「あっちには、すっごいきれいな、アオいトリさんがいるよ！」

「あれはカワセミ。光のかげんで青や水色に見えますが、本当は緑色の鳥なんですよ」

光彦は不思議に思って尋ねた。

「どーして、ミドリなのにアオくみえるの？」

「透明なシャボン玉が、虹色に見えるのと同じ理由らしいです。カメレオンのように、七色に変化して、危険から身を守る生きものだっているじゃないですか。世界は不思議で満ちている。だから、おもしろいんです」

スグルくんは、同じ幼稚園児とは思えないほど頭がいい。いろんなことを教えてくれるから、一緒にいるとすごく勉強になる。

「トンボだ！　トンボがいるぞ！」

ツヨシくんが目の前を飛んでいったトンボに歓声を上げ、スグルくんも振り返って、じっと観察した。

「これは、アキアカネというトンボです。そこにウラナミシジミのオスもいますね。このチョウ、オスは羽を開くと縁取り以外、全体的に青っぽいけど、メスは縁の周りに黒っぽいぼかしが入っていて、青い部分が少ないんです」

紅葉《こうよう》を楽しむにはまだ早いが、緑豊かな公園の森には、いろんな生き物が棲《す》んでいて、とても興味深い。

今度は小川の近くにいためぐみちゃんが、「あれ？」という顔をした。

「……なんか……ヘンなこえがする……」

スグルくんには、すぐに声の主がわかったようだ。

「これはカエルの鳴き声ですよ。ほら、あそこに」

池に続く小川の中で、カエルがピョンと飛び跳ねた。

そこへ黒い鳥の群れがやってきて、水浴びを始める。

「みずあそびしているトリは、なんていうトリ？」

「あれはカラスですよ。カラスが行水《ぎょうずい》しているんです」

不意に、少し離れた橋の上から、池を覗いていたひとみちゃんが叫ぶ。

「ああっ！　みてみて！　カメさんがいる！」

園児たちはカメを見ようと、わらわら池に近づいていく。

「これはカメじゃありません。鼻が細く尖っているから、スッポンです」

スグルくんがそう指摘し、アリサちゃんが驚愕《きょうがく》している。

「えっ⁉　あれが、ママがたべてるコラーゲンゼリーのしょうたいなのっっ⁉」

「コラーゲンって、なに？」

光彦の問いに、アリサちゃんが答えた。

「おはだのまがりかどをすぎたオンナのみかたよ」

どうやらマイちゃんも、コラーゲンを知っているようだ。

「マイも、ママといっしょにコラーゲンゼリーたべたぁ～！　コラーゲンをたべると、おハダがぷるっぷるになって、ビジンになるんだって。パパがたべたら、あっちのほうがゲンキになるっていってたよ」

「あっちって、どっち？」

マイちゃんは「しらない」と首を横に振る。

「でも、コラーゲンゼリーには、パパがよろこぶセイブンがはいってるんだって」

「ママがきれいになって、パパがよろこぶの……？」

それはいいことを聞いた。おうちに帰ったら、パパと功一くんに教えてあげよう。

光彦はしっかり憶えておくために、「コラーゲン、コラーゲン」と何度も小声で呟いた。

「こっちにラクウショウという珍しい木があるのよ」

みどり先生に誘われて、珍しい木を見に行くと、大きな木の周りに、細長い異様な物体がニョキニョキたくさん生えている。

「なに、あれ？」

のえちゃんが訝《いぶか》しげに呟《つぶや》くと、みどり先生がニョキニョキの正体を教えてくれた。

「あれは、木が息をするための根っこなの」

息をするために、土の中から天に向かって根っこを伸ばしているなんて——こんな木を見たのは初めてだ。

さすがみどり先生。いろんなことを知っている——と感心していたら。

「そこの立て札に書いてありますね。『気根《きこん》』というそうです」

スグルくんに種明かしされて、みどり先生はとってもやりにくそうだ。


たんぽぽ組の一行は森を抜け、美しい日本庭園に出た。

日本庭園の中にある池には、すでに大陸から渡り鳥が飛来《ひらい》している。

「あっ！　こっちにも、きれいなトリさんがいる！」

光彦がツガイの水鳥を指差すと、スグルくんが教えてくれた。

「あれはオシドリですよ。ハデな色の鳥がオスで、いっしょにいるジミなトリがメス」

「べつのトリみたいだね。なんで、あんなにイロがちがうの？」

「それは、オスがメスに結婚してもらうためですよ。人間は、女の人がお金持ちと結婚するために、オシャレしてきれいになろうとするけれど、ほとんどの動物は、メスに選ぶ権利があって、オスは自分の子供を作るために、きれいな羽根に生え変わったり、ケンカして強いことをアピールしたりするんです。結婚の季節が終わると、オスもジミな色に変わりますよ」

「へぇ～。そうなんだぁ～。じゃあ、あっちのしろいトリさんは？　ハクチョウ？」

「いえ。大きいほうがダイサギ。小さいほうがコサギです」

「おやこなの？」

「どちらもシラサギですが、ちがう種類の鳥ですよ」

光彦には、大きさが違うだけの、同じ鳥にしか見えないのだが。スグルくんには『違う種類だ』と、はっきり見分けがつくらしい。

シラサギたちの近くには、黒っぽい小さな水鳥もいる。

その鳥が突然沈んで、光彦は驚きのあまり叫んだ。

「いま、トリさんがおぼれたよ！」

するとスグルくんが笑いながら言う。

「あれは水に潜っただけ。カイツブリは、潜水《せんすい》が得意なんです。おそらく、エサを取るために潜ったんでしょう。ほら。見てください。ザリガニを食べています」

本当だ。まさかエサを食べているシーンが見られるとは思わなかった。

「じゃあ、こっちにいるトリは、なんていうトリ？」

「カルガモです。あっちの、頭が緑のきれいなカモは、マガモのオス。一緒にいるジミなカモは、ツガイのメスですね。マガモのオスも、結婚の季節が終わったら、ジミな色に戻ります」

そこでツヨシくんが口を挟んだ。

「なあなあ、カモって、ネギしょってくるトリだろ～？」

するとスグルくんは、静かに首を横に振って否定する。

「ネギをしょって来るカモは、簡単にお金を騙《だま》し取れる、美味《おい》しい人間のことですよ。本物のカモは、ネギと一緒に料理されることはあっても、自分からネギを背負《せお》ったりしません」

「わかってるよ～。もののたとえだって。カモニクは、ナベにするとすっげぇウマイんだぜぇ～！　つかまえてかえろっかな～♪」

水辺にいたカルガモに忍び寄るツヨシくんを、近くにいたみどり先生が、慌てて注意する。

「そんなことしちゃダメよ！　ツヨシくん！」

「そうですよ。ここのカルガモは、たぶん雑食だから、おいしくありません。それに、お店で売られているカモ肉のほとんどが、マガモとアヒルの子供であるアイガモか、アヒルなんですよ」

　スグルくんの言葉を聞いて、ツヨシくんが目を剥《む》いた。

「なんでカモニクがアヒルなんだよ⁉　それじゃサギじゃんか！」

「サギじゃありません。アヒルは野生のマガモを、飼いやすいように改良したカモです。『家』と『鴨《かも》』という漢字を合わせて、『アヒル』と読みます。天然のカモがあまり売られていないのは、『勝手に野鳥を捕まえてはいけない』という法律があるからです。狩りをしてもいい季節に、狩りをしてもいいと許された人だけが、許された場所でつかまえることしかできないのに――ツヨシくんが勝手にここのカモをつかまえて帰ったら、ツヨシくんも、オマワリさんにつかまえられてしまいます」

　みどり先生の『禁止するだけ』の注意より、『それをやるとどうなるか』冷静に話しただけのスグルくんの言葉のほうが、ツヨシくんには効果があったようだ。

「ちぇっ。しょーがねーな。だったら、カモなべはあきらめるよ」

　それを聞いてみどり先生はホッとしたが。

「おみやげは、このふとったサカナにしよう」

　ツヨシくんが池に手を入れようとしたので、みどり先生は「きゃーっ！」と叫んで取り押さえた。

「その魚は、この池で飼っている鯉《こい》よ！　公園は狩りをする場所じゃないの！　鯉も、ザリガニも、昆虫も、捕まえて持って帰っちゃダメなのよ！」

などと言い聞かせても、ツヨシくんには、悪いことをしようとした自覚すらない。

「ちぇ〜つまんねぇ〜！　こんなにたくさんいるんだから、いっぴきくらいもってかえってもバレないぜぇ〜？」

「バレる、バレないっていう問題じゃないのッ！　みんながそう思って鯉を獲《と》って帰ったら、一匹もいなくなっちゃうでしょ！」

野放しにすると何をしだすか判らないやんちゃ坊主に振り回されて、みどり先生は息も絶《た》え絶《だ》え。どうにか力づくで、ツヨシくんを連れて日本庭園をあとにする。

芝生の広場に出たところで、「そろそろお昼にします」と言われた。

地図を出して確認すると、もう少し奥のほうに、十月桜が植えられているお花見スポットがある。

光彦はみどり先生に聞いてみた。

「あのね、せんせー。みーくん、サクラがさいてるところで、おはなみしながら、おべんとーたべたいの。おともだちといっしょに、サクラがあるところへいってもいい？」

するとすかさず、近くにいたツヨシくんがツッコむ。

「バッカじゃねーの!?　サクラはハルにさくもんだ。アキにサクラをみにいったって、ハナなんか、さいてねーぞ！」

「さいてるもん！　『ジュウガツザクラ』っていう、アキにさくサクラがあるから、『さがしてごらん』って、こーぃちくんがおしえてくれたんだもん！」

光彦が珍しく強い口調で言い返すと、女の子たちがざわめく。

「アキにサクラがさいてるの!?」

「サクラ、みた～い！」

「みんなでおはなみしながら、おべんとうたべよう～♪」

そこで光彦は、持って来た園内マップをみどり先生に見せた。

「ジュウガツザクラは、ここと、ここにあるの」

「……そうねぇ。じゃあ、みんなでお花見スポットへ行って、十月桜を見ながら、お弁当を食べましょうか？」

ツヨシくん以外の園児たちが賛成し、多数決で桜のお花見スポットへ行くことになり、みどり先生に連れられて移動する。

春と違ってひっそりしているお花見スポットは、紅葉し始めたソメイヨシノが秋の訪れを知らせているのに、一本だけ、淡いピンクの花をつけた木があった。

「あれがジュウガツザクラじゃない？」

園児たちはもっと近くで花を見ようと、ちづるちゃんが指差した木に駆け寄っていく。

「あたり！　ジュウガツザクラってかいてあるよ！」

「ホントに、アキにサクラがさいてるんだぁ～！」

「きれいねぇ～」

「ここだけハルがきたみたい……」

女の子たちはうっとりと、男の子も輝く瞳で十月桜に見入っている。

光彦も桜を見上げ、花が咲くようにふんわり微笑みながら言う。

「ジュウガツザクラは、いちがつごろまでちょっとずつ、ながいあいださいて、フユにすこしおやすみして、ハルになったら、もういっかいさくんだって」

すると女の子たちが歓声を上げた。

「すごーい！　がんばりやさんのサクラなのね！」

「ずっとさいてるなら、また、ママやパパにつれてきてもらおうかな」

盛り上がっている女の子たちの後ろのほうで、ツヨシくんが「ヘッ！」とつまらなそうに鼻で笑う。

「こんなしょぼいサクラだけじゃつまんねーよ。やっぱ、はなみってのは、ハルやるもんだろ」

「ヤバンジンは、フウリュウってことばをしらないのね」

アリサちゃんに冷たい目で一瞥《いちべつ》されて、ツヨシくんはスネスネモードで黙り込む。

園児たちは十月桜の近くでレジャーシートを広げ、なかよしのおともだちと一緒に弁当を食べ始めた。

男の子は男の子同士でくっついているが、光彦だけは女の子たちに囲まれている。

光彦がお弁当箱の蓋《ふた》を開けると、女の子たちが羨《うらや》ましそうに言う。

「みーくんのおべんとう、きょうもすご～い！」

「モリのなかに、クマさんとヒヨコさんがいるよ」

「このピンクのちっちゃいハナは、ジュウガツザクラね？」

お弁当の中身は、ブロッコリーの森に、クマさんの顔のハンバーグと、ウズラ卵で作ったヒヨコ。魚肉ソーセージで作ったサクラの花。お花畑みたいなおにぎり。すべてが一枚の絵になるように、バランスよく詰められている。

「ユミちゃんのおべんとーもカワイイよ」

光彦がそう言うと、みんなユミちゃんのお弁当に注目した。

「ホントだ！　キューティーちゃんと、ミルフィーちゃん！」

「ユミちゃんのママも、カワイイおべんとーつくるのじょうずね！」

「いいなぁ～！」

ママのお弁当を褒《ほ》めてもらって、ユミちゃんはとても嬉しそうだ。

そこでアリサちゃんが、鼻高々でフレンチ弁当を広げて言う。

「アリサのは、ゆうめいなシェフがつくった、こうきゅうフレンチべんとうよ！」

自慢するつもりで持ってきたのに、みんなの反応はパッとしない――どころか、同情されてしまった。

「アリサちゃんのママ、おべんとうつくってくれなかったの？」

「かわいそ～」

幼稚園のおともだちには、有名シェフのフレンチ弁当より、ママお手製のキャラ弁・デコ弁のほうがステキに見えるらしい。

アリサちゃんはすっかりへコんで、おとなしくなった。

お弁当を食べたあとは自由時間だ。園児たちは鬼ごっこしたり、遊び疲れてお昼寝したり――一時間ほどお花見スポットで休憩《きゅうけい》した。

「次は、バラ園へ移動しま～す！」

みどり先生に促され、園児たちは再び出席番号順の男女二列に整列し、公園内を横切る池の向こうのバラ園へ向かう。

フランスふうの、左右対称に整形された庭園の中心部に、二期咲き・四季咲きのバラが咲き誇るバラ園があった。

「きれいねぇ……。みーくんにエスコートされて、こんなおにわをおサンポできるなんて、サイコー♡」

アリサちゃんは隣同士なのをいいことに、恋人気取りで光彦と腕を組んで歩いている。

ほかの女の子たちの恨《うら》めしそうな視線を感じて、「おーほほほ！」と高笑いしたい心境だろう。

おもしろくないのは、女の子たちだけじゃない。ツヨシくんも二人の後ろでモヤモヤしている。

「ちくしょー！　なにがバラえんだ！　ハナなんかみてたって、つまんねー！」

苛立《いらだ》ち紛《まぎ》れにバラの花に八つ当たりすると、鋭い棘《とげ》に指を刺されてケガしてしまった。

「いてーっ！　ちくしょう！　バラのヤツ、まるでアリサみたいだぜぇ～！」

幼稚園一の美幼女アリサちゃんも棘だらけで、アリサちゃんのことが好きなのに、刺されまくって心も痛い。

「なにやってるの、ツヨシくん！　乱暴するから、バラに仕返しされるのよ」

みどり先生は説教しつつも、絆創膏《ばんそうこう》を貼《は》ってくれた。


美しい庭園を見て回ったら、芝生の広場で休憩だ。

光彦は今度も、女の子に混じっておやつを広げた。

「うわぁ……。みーくんのクッキー、カワイイ～！」

「こーぃちくんがつくってくれたの。いっぱいあるから、みんなにもあげるね」

功一お手製の型抜きクッキーには、カラフルなアイシングで絵が描いてある。

「これ、タロのクッキーだ！」

「わたしのはウサちゃんよ！」

「みーくん、クッキーのおれいに、キャンディーあげる」

「わたしも、おせんべいあげる」

おやつを交換して食べたあと、みどり先生は園児たちをトイレに行かせ、再び二列に並ばせて、人数を確認した。

「みんないるわね。じゃあ、出発しますよ～！――

たんぽぽ組の園児たちは、管理事務所前の十月桜や、芳《かぐわ》しく香る金木犀《きんもくせい》や秋の花の前で足を止めながら、公園の門へ向かって歩いていく。

ゲートを抜けて外へ出ようとしたところで、突然ツヨシくんが騒ぎだした。

「イヤだ～！　まだかえりたくない～！　もっとこうえんであそびたい～！」

みどり先生は困惑しながら、必死でツヨシくんを説得する。

「もう帰る時間なの。ママがお迎えに来るまでに、幼稚園に帰らないといけないのよ」

それでも、ツヨシくんは入場ゲートの柱につかまり、「ヤダヤダヤダ～！」と大声でゴネまくった。

女の子たちは、「コドモねぇ……」と呆れ顔。

男の子たちも『困ったなぁ』と言いたげな顔で、じっとなりゆきを見守っている。

光彦も、諦めの悪いツヨシくんと、みどり先生の言い争いを見ていたが――不意に子猫の鳴き声がして、キョロキョロと辺りを見回した。

ゲートの外に、黄色い目をした、まっ黒い子猫がいる。

（こーぃちくんがかいてる、えほんのネコみたい……）

そう思っていたら、今度はどこか遠くで女の人が、よく通る声を張り上げているのが聞こえてきた。

「ノワール！　どこにいるの、ノワール!?」

ノワール。それは、功一が今描いている絵本に出てくる、黒い子猫と同じ名前だ。

目の前にいる黒い子猫は、女の人の声がするほうへ行ってしまった。

あの黒い子猫が本当に『ノワール』なのか、どうしても確かめたい。

光彦は、人の流れに紛れてゲートの外へ出た。

そのまま黒い子猫を追いかけていくと、黒ずくめの女の人が子猫を呼び寄せた。

「おいで、ノワール！」

黒い子猫は女の人の足元に駆け寄り、女の人が手を差し伸べて子猫を抱き上げ、なにやら小声で話しかけている。

それを見ていた光彦は、やはりこの黒い子猫は、功一の絵本に出て来た黒猫だと確信した。

女の人は絶対魔女に違いない。だって、ちょっと変わった服を着ているもの。

黒いロングドレスに、ベールがついたトーク帽。黒いレースの手袋と、黒い石の一連ネックレス。パンプスもバッグも黒だ。こんな格好をしている人を、光彦はこれまで一度も見たことがなかった。

魔女は子猫を抱いたまま、どこかへ歩いていく。

（どこへいくんだろう？　おうちへかえるのかな？）

魔女のおうちを見てみたい。

こっそりあとをついていくと、魔女は公園からちょっと離れた高級住宅地にある、一戸建てのヨーロピアンデザイン輸入住宅に入っていった。

門柱の陰に隠れて身を乗り出し、お洒落《しやれ》なロートアイアンの門扉ごしに庭を覗いていると、人の気配に気づいたのか、魔女がこちらを振り返って問う。

「……………坊や、どこの子？」

光彦は隠れるのをやめ、門扉ごしに「こんにちは」と挨拶し、礼儀正しくお辞儀《じぎ》する。

「『おおさわみつひこ』っていうの。みんな『みーくん』ってよんでるよ」

少し迷って、光彦は思い切って魔女に尋ねた。

「ねえ……おねーさん。おねーさん、マジョでしょう？」

女の人は、一瞬「おや」と驚いた顔をして——でも、すぐに妖艶《ようえん》な微笑みを浮かべて、光彦に問い返す。

「どうして私が魔女だと判ったんだい？」

自分の勘が当たったことに気をよくした光彦は、大満足の笑顔で言う。

「わかるよ！　だって、ノワールのごしゅじんさまだもん！」

そこで魔女は不思議そうに首を傾げた。

「坊や、うちのノワールを知っているのかい?」

「しってる!　こーぃちくんの……」

四作目の絵本に出てくる黒い子猫だと言いかけて、光彦はそれが功一と二人だけの秘密だったと思い出し、慌てて口を噤《つぐ》む。

黙っていると、再び魔女に聞かれた。

「コウイチくん……?　それは誰だい?」

「こーぃちくんは、みーくんのママ」

「パパじゃなくて?」

「……?　ママだよ?」

魔女は不思議そうに首を傾げている。

「ねぇ……そっちにいって、ノワールにさわってもいい?」

くりくりした円《つぶ》らな瞳でじっと見つめておねだりすると、魔女は「いいよ」と承諾し、スッとこちらに手をかざす。

すると、まるで『入っておいで』といざなうように、門が勝手に開いていく。

魔法を使う現場を目撃し、光彦は感動に瞳をキラキラ輝かせながら、魔女のところへ駆け寄っていった。

帽子のベールで顔が隠れて判らなかったが、近くで見ると、魔女はとてもきれいな人だ。

ノワールを撫《な》でながら、魔女の様子をうかがっていると、魔女も遠足ルックの光彦を観察し、今度は違う質問をする。

「坊やは幼稚園の遠足で、この近くの公園に来たんだね？」

「うん！」

「もしかして、みんなとはぐれた迷子《まいご》かい？」

光彦はぷるぷるとかぶりを振った。

「まいごじゃないよ。ノワールがいたから、おいかけてきたの」

本人に迷子だという自覚はないようだが、連れとはぐれてしまった時点で、立派な迷子だ。

「早く戻らないと。幼稚園のみんなが心配しているよ」

魔女にそう言われて、光彦は、自分が誰にも何も言わずにここへ来たことを思い出した。

確かに早く帰らないと、みんなが心配して、光彦の行方を探しているだろう。

でも、このまま魔女と別れたら、二度と会えないかもしれない。

ちょっと迷って、光彦は上目遣いで愛らしい笑みを浮かべて魔女に言う。

「ねえ……おねえさん。みーくん、ノワールとおともだちになりたいの。こんどのにちようびに、また、あそびにきてもいい？」

魔女はちょっと困った様子で笑いながらも、「いいよ」と頷いた。

「遊びに来るのは構わない。でも……ひとつ約束しておくれ。ここで私と会ったことは、誰にも言わないと」

おそらく魔女は、この家に隠れ住んでいるのだろう。

もし、ここに魔女がいると評判になったら、魔法をかけてほしいお客さんが殺到《さっとう》しそうだ。ノワールのご主人様は、人を幸せにする仕事だけを選んでいるらしいから、いきなり大勢のお客さんに押しかけられたら困るに違いない。

光彦はそう結論して、素直に頷いた。

「うんっ。わかった！　みーくんと、マジョのおねーさん、ふたりだけのヒミツね♪」

秘密という言葉には、ワクワクするような魅力を感じる。

「じゃーね、マジョのおねーさん！　ノワールも、バイバ～イ！」

光彦はニッコリ笑顔で手を振りながら、公園の入口へ戻っていった。

3. 行方不明のみーくん

みどり先生は、駄々《だだ》をこねるツヨシくんにかかりっきりで、ほかの園児に目が届かなくなっていた。

園児たちも、大騒ぎしているツヨシくんに注目していて、誰一人、光彦が黒い子猫を追っていくのを見ていなかった。

真っ先に光彦の不在に気づいたのは、光彦と隣同士のアリサちゃんだ。

アリサちゃんは、列の前後にいる園児たちに尋ねた。

「ねえ、みーくん、どこへいったかしらない？」

「しらない」

「えっ？　みーくん、いないの？」

「ホントだ。どこへいったんだろう？」

園児たちは互いに顔を見合わせてざわめき、アリサちゃんが叫んだ。

「せんせー！　みーくんがいませ〜ん！」

みどり先生は「ええっ⁉」と叫んで振り返り、慌てて園児の顔と人数を確認し、まさかの事態に愕然《がくぜん》とした。

「……ホントだわ。みーくんがいない……」

園外保育の行き先で、園児が行方不明になるなんて一大事だ。

「本当に誰も、みーくんがどこへ行ったか知らないの⁉　トイレに行くとか、忘れ物を取りに行くとか言ってなかった？」

みどり先生にそう聞かれ、園児たちは困惑している。

「なんにもきいてないよ」

「アリサちゃんにきかれるまで、みーくんがいないこと、しらなかったもん」

「ねぇ？」

騒ぎを聞きつけた学年主任の山本《やまもと》先生が、様子を見にやって来た。

「何かあったの？」

みどり先生は青ざめた顔で報告する。

「みーくんがいないんです」

山本先生は「えっ⁉」と目を剥《む》いた。

「ツヨシくんが問題を起こしたんじゃなかったの？」

「ええ。ツヨシくんが『まだ帰りたくない』と駄々をこねている間に、みーくんがいなくなったんです。ゲート前に来たときは、間違いなく列の中にいたんですけど……」

「外に出た様子はないの？」

「判りません。でも、ツヨシくんならともかく、みーくんは勝手にどこかへ行くような子じゃないし……ましてや一人で外に出るなんて……」

「とにかく、みーくんを探しましょう。ほかの園児たちは、すみれ組のかおる先生にお願いして、みどり先生は公園内の心当たりを探してみて。私は入口周辺にいる人に、外に出て行く園児を見なかったか聞いてみます」

山本先生の指示に従い、みどり先生はすみれ組のかおる先生に園児たちを預け、光彦の捜索を始めた。

「みーくぅ～ん！　どこにいるの～？　みーくぅ～んっ！」

物陰《ものかげ》を覗き込んでも、名前を呼んでも、光彦の姿は見つからない。

五分ほど経った頃、携帯電話の着信があった。山本先生だ。

みどり先生は、慌てて電話を受けた。

「木島です。みーくん、見つかりましたか？」

山本先生は、緊迫した堅い声で否定する。

『いいえ。そちらもまだ見つからないようね。では、第二段階の捜索に移ります。みどり先生は、引き続き公園内の捜索を続けてちょうだい』

それからしばらくして、公園内に迷子放送が流れた。

山本先生は行方不明児が出たことを園長先生に報告し、今頃幼稚園では、捜索体制を敷くための緊急職員会議が開かれていることだろう。

◇　◆　◇

功一が自分の部屋で絵本のイラストを描いていると、不意に自宅の固定電話が鳴った。

仕事の手を止め、子機《こき》を取って、ナンバーディスプレイを確認する。

発信元は、光彦が通っている幼稚園だ。何かあったのだろうか。

「はい。大沢《おおさわ》です」

受話器を取って応対すると、電話をくれた園長先生が、『松村功一さんですか？』と尋ねた。

功一は幼稚園に、親戚《しんせき》という名目で、『主たる送迎者』として届け出ている。

肯定すると、園長先生は、いきなり『申し訳ありません！』と謝罪した。

『実は、園外保育でピクニックに行った公園で、みーくんがいなくなってしまったんです』

「ええっ⁉」

『今、学年主任と担任が、みーくんを探しています。先ほど幼稚園にいた職員も、応援に向かわせました。さらに一時間経っても見つからなければ、保護者の方に捜索願いを出していただきたいのですが、お父様と連絡がつかなくて……』

「判りました。俺からも父親に連絡しておきます。今から俺も、公園へ探しに行ってみますので、何かあったら、携帯に連絡ください！」

功一は電話を切って、明彦の携帯に電話を入れたが、電源が入っていないようだ。

留守番電話に『緊急事態が起きました。至急携帯に連絡ください』とメッセージを入れ、同じ内容のメールも、携帯とパソコン宛に送信しておく。

「万が一、みーくんを保護して自宅の電話番号を聞いた人から、連絡が入る可能性もないとは言えないし。念のため、平井《ひらい》さんに留守番を頼んでおくほうがいいかも」

平井さんは、もともと上京したとき住んでいたアパートの隣人だったが、去年の春、啓《けい》介《すけ》の大学入学を機に、同じマンションに引っ越してきた。よほど縁《えん》があるのだろう。ちょうど中古で売りに出されていた隣の住戸を買ったので、去年からまた『お隣さん』だ。

隣家のインターホンを押すと、平井さんはすぐに出てきてくれた。

「こんにちは、平井さん。実は……ちょっとお願いがあるんです」

平井さんは功一の顔色から、『大変なことが起こったんじゃないか』と察したらしい。

「何かあったの？」

「ええ。みーくんが、園外保育でピクニックに行った公園で、行方不明になったんです」

「まあ！　大変！」

「俺はこれからみーくんを探しに行きます。幼稚園には俺の携帯ナンバーを知らせていますが、自宅に連絡が来る可能性もないとは言えないから、留守番をお願いできませんか？」

功一がそう言って頭を下げると、平井さんは快《こころよ》く引き受けてくれた。

「電話番をすればいいのね？　解ったわ。もし、ほかにも私にできることがあったら、なんでも言ってちょうだい」

「ありがとうございます。よろしくお願いします」

功一は平井さんに留守を任せ、エレベーターに乗った。

光彦がピクニックに行った公園は、自分の足で駆けつけるにはちょっと遠い。

車で行くことも考えたが、渋滞する可能性や、駐車場で手間取る可能性があるから、電車で行くことにした。

電車なら、最寄り駅から公園前の駅まで十分程度で着く。

マンションから最寄り駅を目指して走っていると、携帯電話に着信が入った。明彦《あきひこ》からだ。

『功一くん？　緊急事態って、いったい何があったんだい？』

功一はスピードを落とし、早足で歩きながら、明彦に事情を説明した。

「実はみーくんが、ピクニックに行った公園で行方不明になって……」

『行方不明⁉』

驚いた叫び声から、明彦の心中が察せられる。

「今、平井さんに留守を頼んで、俺も現地へ向かっているところです。一時間経っても見つからなければ、警察に捜索願いを出してほしいと言われました」

『解った。今、出先にいるんだ。僕も社用を済ませたら、すぐにそっちへ向かう』

電話を終えた功一は、再び駅を目指して駆け出した。

ちょうど入ってきた電車に乗って、公園前の駅で降り、公園入口へ向かって走る。

入口付近に、年少組の補助をしている若い女の先生がいた。

「ユウコ先生！」

ユウコ先生も、こちらに気づいて駆け寄ってくる。

「功一くん！　ごめんなさい。園外保育中に、大変なことになってしまって……」

「みーくんは、いつ、どの辺りで、何をしていたときにいなくなったんですか？」

功一の問いに、ユウコ先生は気まずそうに答えた。

「実は、公園の入場ゲートを出ようとしたとき、『まだ帰りたくない』と駄々をこねる園児がいて、入場ゲート前でもめていたらしいんです」

おそらくそれはツヨシくんだろう。

功一は心の中で呟きながら、黙ってユウコ先生の話を聞いている。

「みんなが騒ぎに気を取られている間に、みーくんがいなくなって。公園内に引き返して迷っているのか、外へ出たのかも判らなくて……。今、ほかの園児を連れ帰った先生以外の職員が、手分けして捜索しています」

「捜索範囲はどのように？」

「私は門の外周辺を。もう一人の年少組補助教諭が、公園の外の散策路《さんさくろ》周辺を。ほかの職員が公園内を捜しています」

「先生方は、主に公園内を捜索しているんですね？」

「ええ。みーくんが外へ出たという目撃情報はなかったし。一人で勝手に遠くへ行くほど活発な子じゃないって、木島先生が……。それに公園内のほうが、子供の気を惹《ひ》くものがたくさんあるから……」

確かに、光彦はおっとりした、素直で思いやりのある優しい子だ。自分勝手な振る舞いで、先生たちを困らせたことなど、今まで一度もなかった。一人で遠くへ行ったとは考えにくいが、誰かに連れ去られた可能性はある。

「じゃあ俺は公園の外で、もう少し捜索範囲を広げてみます」

男の子を悪戯《いたずら》目的で連れ去る変質者だっているのだ。光彦はキッズモデルのアリサちゃんだって目じゃないくらい可愛い子だから、狙われたっておかしくない。

家でも幼稚園でも、『知らない人にはついて行かないように』と、繰り返し言い聞かせているけれど、光彦は同じ年頃の子たちと比べて、ちょっとぽや〜んとしているから心配だ。自宅の電話番号を言えるくらいの記憶力はあるけれど、素直すぎて疑うことを知らないから、騙《だま》そうと思えば、簡単に騙せそうな気がする。

どこか危険な場所で事故に遭っている可能性もあるし。

嫌な想像が次々と脳裏を駆け巡り、不安で胸が押しつぶされそうだ。

功一は公園の外の脇道を走り回って、通行人に片っ端から携帯電話のデータフォルダに入っている光彦の写真を見せては、目撃情報を聞いて回った。

「すみません。青いスモックを着た、幼稚園の男の子を見ませんでしたか？　この写真の子なんですけど……」

「見てないです」

しばらくそんなやり取りを繰り返したが、何の情報も得られない。

(いったいどこにいるの、みーくん……)

大通りの交差点に出て、どっちへ行くか考えながら辺りを見回していると、駅とは九十度違う方向から、スモック姿の幼稚園児がこちらへ向かって歩いてくるのが遠目に見えた。

背格好からして、光彦に似ているような気がする。

近づいて確認しようと走り出したら、向こうもこちらに気づいて駆け寄ってきた。

「こーぃちくぅ～んっ！」

この声——間違いない。光彦だ。

「みーくん！」

功一も駆け寄り、ようやく見つけた光彦を思いっきり抱きしめた。

「見つかってよかった……。ケガとかしてない？」

光彦は笑顔で元気に頷く。

「うんっ！　だいじょぶだよ」

「いったいどこへ行ってたの？　パパだって、すごく心配して……」

そこでハッと、明彦がこちらへ来ると言っていたのを思い出し、慌てて電話を入れる。

明彦は、今度はすぐに出てくれた。

「功一です。みーくん、見つかりました。ケガもなく、元気です」

功一が無事を報告すると、明彦はホッとした様子でため息をつく。

『そうか、よかった……。光彦を見つけてくれてありがとう』

「あなたに一番に知らせたんです。これから幼稚園と平井さんにも連絡しなきゃ」

『じゃあ、僕は仕事に戻るよ。光彦が行方不明になった理由は、帰ってから、ゆっくり聞くことにする』

電話を切って幼稚園にかけ直すと、こちらもワンコールで園長先生が出た。

「松村です。みーくん、公園の外にいました。無事見つかったと、ほかの先生方にも知らせてください」

すると園長先生の声も、安堵《あんど》に緩んだ。

『お電話、ありがとうございます。無事だと聞いて安心しました。ほかの園児たちはすでに、すみれ組の担任と、応援に向かった職員が連れて帰っています。詳しい事情を伺いたいので、みーくんを連れて、幼稚園にいらしていただけますか？』

功一は承諾し、電話を切って、最後に自宅へかけ直す。

「平井さん？　功一です。みーくん見つかりました。お騒がせしてすみませんでした」

平井さんも安堵したようだ。

『見つかってよかったわ。じゃあ私は、お宅に鍵をかけて自宅へ戻るから、帰りに鍵を取りに寄ってちょうだい』

電話を終えてホッとしながら、功一は光彦と手をつないで、公園前の駅へ向かう。

その道すがら、優しい声で光彦に尋ねた。

「ねえ……みーくん。さっきの続きだけど、いったいどうしてあんなところにいたの？どこで何をしていたのか、俺に教えて」

しかし光彦は、困ったように視線を彷徨《さまよ》わせるばかりで、答えようとしない。

どちらかといえば、光彦は自分が体験したことを話したがる子だ。

なのに、聞いても教えてくれないなんて、変じゃないか？

どうして教えてくれないんだろう？

光彦はイタズラするような子じゃないし、仮《かり》にイタズラしたとしても、隠さずちゃんと謝れる子だ。

隠し事をする場合、誰かを庇《かば》っている可能性が高い。

「誰かと一緒にいたの？」

功一の問いに、光彦はあからさまに動揺した。

「誰かに、『公園の外へ行こう』って誘われたの？」

それには、首を横に振って否定する。

「じゃあ……みーくんが、一人で公園の外に出たんだね？」

今度は、どう答えるべきか迷っているようだ。

「やっぱり、誰かと一緒にどこかへ行ったんだ……」

光彦はまた動揺し、思いっきり首を横に振る。

本人は否定しているが、嘘をついているとしか思えない。

（まさかみーくんが、俺に嘘つくなんて……）

ちょっと――いや、かなりショックだ。


公園前を通りかかると、捜索隊の先生方と鉢合わせた。

「みーくん！」

光彦の姿を目にしたみどり先生が、咄嗟《とっさ》に駆け寄ってくる。

「無事でよかった……！　心配したのよ」

先生の瞳は、涙で潤《うる》んで光っていた。

光彦はそれを見て、『心配をかけて悪かった』と、反省したのだろう。

「ごめんなさい……」

申し訳なさそうに謝ると、みどり先生は光彦と同じ眼の高さで、優しく微笑んだ。

そして静かに立ち上がり、功一に向き直って、深々と頭を下げる。

「この度は、私の監督不行き届きで、こんなことになってしまって……本当に、すみませんでした」

「いえ……こちらこそ、ご心配をおかけして申し訳ありません。大勢の先生方が必死でみーくんを探してくださって、とても感謝しています」

功一も頭を下げて挨拶すると、みどり先生が遠慮がちに申し出た。

「松村さんも、これから園長のところへ行かれるんですよね？　私も園長室に呼ばれているので、よかったら、ご一緒させてください」


功一は先生方と一緒に、光彦を連れて幼稚園へ移動した。

ほとんどの園児たちはすでに降園し、残っているのは延長保育組の子供たちだけだ。

光彦もその一人だが、今日は功一と、担任のみどり先生と、三人で園長室を訪ねた。

園長はまず、帰園したみどり先生に詳しい状況報告を求め、続いて光彦に、公園へ戻る途中で功一がしたのと、ほぼ同じ質問をする。

しかし光彦は、ここでも困った様子で視線を泳がせるばかりだ。

代わりに功一が、判る範囲で質問に答えた。

「どうして外に出ていたのか、理由は話してくれないんですが、どうやらみーくん、自分の意思で外に出たようなんです。俺が見つけたときは一人でしたが、誰かと一緒にいた可能性が高そうです」

するとみどり先生は、驚いた顔で光彦を問い質《ただ》す。

「そうなの、みーくん？　いったいどうして外へ出たの？　まさか、知らない人に誘われて、ついて行ったんじゃないでしょうね？」

園外保育で園児が行方不明になったなんて、幼稚園にとっては、信用に関わる大問題だ。ましてや不審人物に園児が連れ去られたとなると、このまま事件を終わらせるわけにはいかない。

「誰と一緒だったの？　男の人？　それとも、女の人？」

光彦は、いくら聞いても答えようとせず、みどり先生は途方に暮れている。

「どうして何も答えてくれないの？　もしかして、『誰にも言っちゃいけない』って、誰かに口止めされた？」

そこで光彦は、またしても派手に動揺を示す。

（誰かに口止めされたんだ……）

功一も、先生たちも、そう察して顔を見合わせた。

最初に冷静さを取り戻したのは園長先生だ。

「みどり先生。松村さんとお話があるので、みーくんを、延長保育のひまわり教室へ連れて行ってあげて」

「はい。行きましょう、みーくん」

光彦は質問攻めから解放されて、ホッとした様子で園長室を出て行った。

園長先生は難しい顔で功一に言う。

「みーくんが行方不明になった原因――まさかとは思いますが、イタズラ目的で連れ去られた可能性も疑えます」

「実は俺も、そう思っていました。みーくん可愛いから、変な気を起こす人がいてもおかしくないし。普段はこんなに、頑《かたく》なに隠し事をするような子じゃないんです。元気に笑って帰ってきたけど、未遂《みすい》だったか、イタズラされたと解っていないだけかもしれません」

功一自身も、物心ついた頃から、同い年の幼馴染《おさななじ》みの元カレに、ディープなキスや性的なタッチをされていたが、イタズラされているという自覚はなかった。

園長先生も功一の意見に同意し、真剣な顔で注意を促した。

「みーくんに何か変わった様子がないか、ご家庭でも気をつけてあげてください。デリケートな問題ですので、あまり大人が先回りして騒ぎすぎると、子供を傷つけてしまうこともあります。十分注意した上で、もしそういう事実があるようでしたら、今後の被害を未然に防《ふせ》ぐためにも、警察に届けていただきたいのです。お父様に、そうお伝え願えますか？」

確かに、あの公園は、遠足シーズンになると、大勢の子供たちが訪れる。もし変質者が出没《しゅつぼつ》しているなら、このまま野放しにしておくわけにはいかない。

延長保育終了時間が過ぎた頃、功一は光彦を連れて帰宅した。

結局功一も、あれからずっと幼稚園にいたので、夕飯の支度ができていない。

簡単なおかずを作っていると、明彦が帰ってきた。

「ただいま。功一くん。今日は光彦が世話をかけたね」

優しい微笑みで労ってくれた明彦に、功一はためらいがちに言う。

「俺はいいんですけど……みーくん、どうしていなくなったのか、どこへ行っていたのか、いくら聞いても教えてくれないんです」

光彦は隠し事などしない子だから、明彦もそれを聞いて驚いた。

「ええ？　光彦。どうして何も言わないんだ？　パパや功一くんにも言えないようなことをしていたのか？」

聞かれても、困った顔をしているだけの光彦に、明彦はさらに問い質す。

「いったいどんなイタズラをしたんだ？」

すると、その質問に関しては、はっきり否定する。

「みーくん、イタズラしてないよ。ちょっと、こーえんのそとへいっただけ」

「どこで何をしていたのか、パパに話してごらん。怒らないから」

明彦が理由を聞いても、やっぱり答えない。

「ナイショなの」

そう言ったきり、両手で口を覆《おお》い、小首を傾げて上目遣いで『聞かないで』と言いたげな顔をする。

明彦は光彦を安心させるように頷き、穏やかな声で諭《さと》す。

「そうか。じゃあ、もう聞かない。パパは光彦を信じてるから、光彦が話す気になるまで待つ。でももう二度と、みんなに黙って、どこかへ行ったりしちゃダメだ。光彦を探してくれた先生方や功一くんが、どんなに心配していたか、光彦にも解るだろう？」

光彦はしゅんと項垂《うなだ》れ、「ごめんなさい」と謝った。

「よし。じゃあもういいから。公園ピクニックで、幼稚園のおともだちと何をしたのか、楽しかったことを聞かせてくれ」

明彦に優しい笑顔でそう言われ、光彦もホッとした笑みを浮かべている。言いたくないことを何度も聞かれて、かなりストレスになっていたのだろう。

「ご飯ができましたよ。お腹空《す》いたでしょ？」

功一が声をかけると、父子そろって、同じ表情で嬉しそうに笑いながら食卓に着く。

「いただきます」

みんなで手を合わせて食事を始めたところで、明彦が光彦に尋ねた。

「十月桜、きれいだったろう？」

光彦は輝くような笑顔で「うんっ！」と、力いっぱい頷いて言う。

「ここだけハルがきたみたいって、みんないってた！　ジュウガツザクラをみながら、おべんとーたべたんだよ。すご～くおいしかった！　みーくんのおべんとー、ジュウガツザクラがさくモリのなかに、クマさんとヒヨコちゃんがいたの！　みんな『スゴイ』ってほめてくれたよ」

「へぇ～。パパのはキャラ弁じゃないから、光彦のお弁当、見てみたかったな～」

明彦がそう言うと、光彦は無邪気に笑って切り返す。

「じゃあ、パパもこーぃちくんに、『キャラべんつくって』っておねがいしたら？　きっとすごいのつくってくれるよ～♪」

大人の男が、会社にキャラ弁なんて持って行ったら笑われるだろう。

明彦は微かに苦笑した。

「……そうだな。じゃあ、今度功一くんにキャラ弁を作ってもらって、三人でピクニックにでも行くか？」

すると光彦は、勢い込んでおねだりする。

「じゃあ、みーくん、またあのこうえんにいきたい！　こんどのにちようび、つれてって！」

「そんなにあの公園が気に入ったのか？」

「うんっ！　モリやイケに、ヤチョーがたくさんいたの。オシドリも、マガモも、オスのほうがきれいなんだよ。それは、メスにケッコンしてもらうためなんだって。ケッコンのきせつがおわったら、オスもジミなイロにもどっちゃうの」

「へぇ～。光彦は物知りだなぁ」

父親に感心されて、光彦はちょっぴり得意げだ。

「スグルくんは、ものしりハカセなの。いろんなことしってるんだよ。カモがいるって、スグルくんがおしえてくれて、ツヨシくんが、『カモナベにするとおいしいんだ』って、つかまえようとしたんだけど――」

そこで功一と明彦は、「え……？」と同時に聞き返し、呆然と顔を見合わせた。

「それは……担任のみどり先生は、慌てただろうね……」

「うん。でもね、スグルくんがいったの。『かってにヤチョーをつかまえたらダメ』ってホーリツがあるから、つかまえてもってかえったら、オマワリさんにつかまるんだよ。だから、おみせでうってるカモニクは、ほとんどマガモとアヒルのこどものアイガモか、アヒルなんだって。それきいて、ツヨシくんが『サギじゃん』っていったの。サギもしろいトリだけど、アヒルみたいに、ふとってないから、みーくんでも『ちがう』ってわかるよ。ツヨシくん、アヒルみたことないのかなぁ？」

功一も明彦も、思わず吹き出しそうになったが――ここで笑えば光彦を傷つけてしまうから、必死でこらえた。

「いや……それは光彦の勘違いだ。ツヨシくんが『サギ』だと言ったのは、人を騙してお金や物をとったりすることだ」

「そーいえば、スグルくんが、『ネギをしょってくるカモは、カンタンにおカネをだましとれる、おいしいニンゲンのことですよ』っていってた。なんで、だまされるひとはカモで、だますひとはサギなの？　サギはわるいことするトリ？」

「いや……。騙される人間を鴨《かも》にたとえるのは、鴨が美味しい鳥だからだが、サギのほうは、読みが同じというだけで、漢字で書くとまったく違う字だよ」

明彦が真剣に光彦の疑問に答えると、光彦が思い出したように言う。

「そっか。アヒルもね、カンジでかくと、『いえ』と『カモ』なんだって。カンジって、フシギだね！」

「そうだね。小学校に入ったら、少しずつ漢字を習うから、しっかり言葉の意味を勉強するといい」

明彦の言葉に「はーい」とよい子のお返事をした光彦は、そこでもうひとつ、疑問を口にした。

「みーくん、ずっとまえ、こーぃちくんのおたんじょうびに、フランスりょうりのレストランで、カモたべたよね？」

「よく憶えてたな。まだ五歳になる前だったのに」

「おいしかったから、おぼえてる。みーくんがたべたカモは、てんねんのカモ？　アイガモ？　それともアヒルなの？」

「さぁ……そこまでは判らないが、中華料理でアヒルを食べたことはあるぞ。北京ダック。ダックは英語でアヒルのことだ」

明彦の言葉に、光彦は「そーなんだぁ～。アヒルもおいしいんだねぇ～」と感慨《かんがい》深げに呟く。

「こーえんには、『カイブツ』っていうトリもいたよ」

功一と明彦は、怪訝《けげん》そうに顔を見合わせ、「カイブツ?」と聞き返す。

光彦は無邪気に笑って、自信たっぷりに頷いた。

「うん。カイブツは、イケにもぐって、ザリガニとってたべちゃうの」

カイツブリという鳥の名前を間違えて憶えてしまったのだが、今は訂正してくれるスグルくんがいない。

でも、功一も明彦も、『たぶん名前を憶え間違えたんだろうな』と察している。

「モリのなかのイケには、スッポンもいたよ！　スッポンは、コラ……、コラ……?」

さすがに今度は功一にも、光彦の言いたいことが解った。

「コラーゲン?」

「そう！　コラーゲン！　『おはだのまがりかどをすぎたオンナのみかたよ！』」

光彦の口調は、完全にモノマネになっている。

「それ、アリサちゃんに聞いたんだね？」

「うん。マイちゃんも、『コラーゲンをたべると、おハダがぷるっぷるになって、ビジンになる』っていってたよ。パパがよろこぶセイブンも入ってるんだって。パパもコラーゲンたべるといいよ！　あっちのほうがゲンキになるから！」

そこで功一も明彦も、ご飯《はん》を咽《のど》に詰まらせて噎《む》せ返った。

「パパ!?　こーぃちくん!?　どーしたの!?」

光彦は、言葉の意味も解らず口にしたのだろう。幼稚園で、ためになることも憶えてくるが、ろくでもないことまで教わってくる。

明彦は咳込みながら、苦笑混じりに言う。

「パパは元気すぎるくらい元気だから、スッポンのコラーゲンは必要ないよ。功一くんにはいいかもしれないが……」

そのセリフに隠された意味に、幼稚園児は気づかないかもしれないが、功一はさすがに気づいて明彦を睨《にら》んだ。

「みーくん。それ、よその人に言っちゃダメだよ」

「？？？　なにをいっちゃダメなのー？」

「あっちのほうがゲンキになるとか、パパが喜ぶ成分が入ってるとか……」

「えーっ!?　なんでダメなのー？　あっちってどっちー？　パパがよろこぶセイブンってなんなのー!?　みーくんにもおしえてー！」

「子供はまだ知らなくていい」

明彦に子供扱いされた光彦は、ムッと頰を膨らませたが。

「みーくん。デザート食べる？」

功一がデザートで気を逸《そ》らしたら、すぐに忘れてしまったようだ。


夜になり、光彦が子供部屋で眠りについた頃、功一はリビングで明彦と差し向かいに座り、改めて『光彦行方不明事件』の話をした。

「みーくんのことなんですけど……行方不明になった原因、『イタズラ目的で連れ去られた可能性もあるんじゃないか』と、園長先生に言われました」

「ええ？　まさか……。光彦は元気そうにしていたじゃないか。考えすぎだ」

明彦はその可能性をまったく視野に入れていないらしく、功一や園長先生の危惧《きぐ》を明るく笑い飛ばす。

しかし、功一は心配せずにはいられない。

「笑い事じゃありません！　世の中には、小さな男の子に欲情するアブナイ男だっているんですよ。みーくんは、隠し事なんてできない素直な子なのに、明らかに何か隠してるし……。元気そうにしてるのは、未遂で逃げて来たか、イタズラされたと解ってないからかもしれません」

「いや……未遂でも、そんな目に遭えば怖いだろうし。いくら光彦でも、変質者にイタズラされたら、さすがに気づくよ」

明彦がまったく取り合ってくれないから、功一はつい興奮して声を荒げた。

「変質者が、見るからに怪《あや》しい人とは限りません！　若くてきれいなお姉さんとか、カッコイイお兄さんとか、同年代の子供だったら、変質者だと思わないかもしれないでしょう！　俺だって、幼稚園の頃、正孝《まさたか》に……」

そこで明彦がピクリと反応し、不穏な声を絞り出す。

「俺だって、幼稚園の頃……正孝に……？」

うっかり元カレの名前を出した功一は、『しまった』とばかりに口を噤《つぐ》んで目を逸《そ》らしたが、もう遅い。

「君がそこまで心配するのは、君自身が元カレの正孝くんに、幼稚園の頃、エッチなイタズラをされていたからなんだ……？」

不覚だった。嫉妬《しっと》深い明彦に、自分の過去を想像させるセリフを口走るなんて――。

できればなかったことにしたいのに、明彦は腰を上げ、わざわざ功一の前に移動して、正面からガッチリと肩をつかんで問い質す。

「いったい何をされていたんだ？」

「それは……秘密です」

「君が先に言い出したんじゃないか。はぐらかされたら気になるだろう。言ってごらん。怒らないから」

それは嘘だ。功一に直接当り散らすようなことはしなくても、メラメラと嫉妬の炎を燃やしまくって、静かに怒るに違いない。

功一が黙っていると、勝手に妄想《もうそう》を膨らませ始めた。

「幼稚園児のイタズラというと……お医者さんごっこでもしていたとか？」

その通りだが、頷くわけにはいかない。

でも黙っていると、「図星だね？」と言い当てられた。

「リビングでは答えにくいようだから、僕の部屋で聞こう」

明彦はサッと功一を抱きかかえ、強引に自分の寝室へ連れていく。

「下ろしてください、明彦さん！」

「ああ。下ろしてあげるよ。僕のベッドに」

功一はベッドに下ろされ、逃げられないようのしかかられた。

明彦は功一のパジャマの前をはだけながら言う。

「正孝くんと、お医者さんごっこをしていたとき……こうやって服を脱がされたの？　それとも、自分から脱いだ？」

まさか、促されるまま、自分から前をはだけたなんて、言えるわけがない。

幼い頃の功一にとって、『お医者さんごっこ』は、ままごと遊びと似たような感覚だった。

主導権を握っていたのは正孝で、あまり自己主張しない功一は、言われるまま前をはだけて診察されたり、パンツを下ろしてお尻を見せたり、股間を見せて触診《しょくしん》されたりしていたのだ。

そういえば、『赤ちゃんごっこ』で、赤ちゃん役の正孝にお乳を吸われたこともある。

今思えば、『何やってたんだ俺！』と呆れてしまうが――いじめっ子をやっつけてくれる正孝が好きだったから、つい望まれればなんでもやってしまった。

考えていたことが顔に出たのか、明彦の顔がますます険《けわ》しくなっていく。

「……やっぱり、自分から脱いだんだね!?　そして、けしからんエロガキに、『ここ痛くないですか～』とか言われながら、可愛い乳首や大事なところを弄《もてあそ》ばれたりしていたんだ!?

うわぁ〜っ!!　想像しただけで、気が変になりそうだぁぁー……っっ！」

頭を掻《か》き毟《むし》りながら騒ぎ立てる明彦に、功一はつい冷静に突っ込んだ。

「じゃあ想像しなければいいでしょう」

「想像させたのは君じゃないか！」

「そうですね。あなたの前でうっかり禁句を口にするほど、俺も動揺していたんです。俺が物心ついたころから、エッチなイタズラをされていたら、そんなに大騒ぎするほどドン引きですか？　俺のことイヤになっちゃいますか？」

功一がちょっと投げやりな言い方をしたら、明彦はますますショックを受けた顔をする。

「君をイヤになるわけないだけろう！　イヤになるのは、『羨《うらや》ましい』と思ってしまった、僕自身の汚《けが》れきった心だよ！」

大真面目にそう告白する功一マニアの明彦は、かなりイタイ男だ。

「……もしかして、あなたも、俺とお医者さんごっこしたいんですか？」

「したいとも！」

そんなこと、力強く拳《こぶし》を握って肯定されても困るのだが。

「白衣がないのが残念だけど、今夜は僕と、お医者さんごっこしてくれるかい？」

おねだり口調で縋《すが》るようにじっと瞳を見つめられたら、絆《ほだ》されやすい功一は、イヤとは言えなくなってしまう。

「しょうがないなぁ……。じゃあ、一回だけですよ？」

「うんっ。一回だけ。僕の患者さんになってくれ」

明彦は嬉々《きき》として、一度外した功一のパジャマのボタンを留め、ホームバーのスツールをベッドのそばへ移動させた。

「さあ、こちらへどうぞ。今日はどうしましたか？」

明彦に促され、スツールに腰を下ろした功一は、ため息をつきながら、額《ひたい》を抑えて答える。

「……ちょっと、頭が痛いんです……」

本当に、いろんな意味で頭が痛かった。

4. ノワールと魔女

日曜日は家族三人でピクニックに行くことになり、功一は朝早く起きて、リクエストされた三人分のキャラ弁を作った。

行き先は近場の公園だし、公園が開くのは朝九時だから、いつも通りに起きれば充分間に合うのだが――気合いを入れて作っているキャラ弁を、製作中に覗き見されたら、『蓋《ふた》を開けてのお楽しみ』が台無しになってしまう。

それを恐れて早めに取りかかったから、光彦が起きてくる前に、なんとかお弁当箱に蓋をすることができた。あとは保冷《ほれい》ランチバッグに入れるだけ。

今日はお出かけする日だから、光彦もちょっぴり早起きだ。

「おはようございます。こーぃちくん！　ピクニックのキャラべん、つくってくれた？」

「うん。三種類のキャラ弁を作ったから、パパが起きて、ご飯を食べて、支度ができたら出かけよう」

「じゃあ、みーくん、パパをおこしてくるね！」

光彦は元気な笑顔でそう言って、明彦の寝室へ向かう。

明彦の寝室に鍵が掛かっているのは、本人が不在のときと、功一を部屋に招《まね》いた夜だけだ。

光彦はノックをしてからドアを開け、部屋に入ってダブルベッドによじ登り、寝ている明彦の隣に座って、ゆさゆさ揺すりながら言う。

「ねぇ～、パパー！　はやくおきてぇ～！　こーえんいこー！」

明彦はしばらくして、気怠《けだる》げに覚醒《かくせい》した。

「ん……？　光彦？　もうそんな時間か？」

寝起きの目をこすりながら時計を見ると、まだ七時前だ。

「そんなに急《せ》かさなくても大丈夫。公園は逃げないぞ」

明彦の言葉に、光彦は可愛らしく反論する。

「こーえんはにげなくても、おひさまはにげちゃうよ。はやくゴハンたべて、ピクニックのおしたくしよー。おしたくできたら、おでかけするまで、みーくんとあそぼー」

要するに、朝は功一が忙しそうにしているから、早く起きて、相手をしてほしいらしい。

「じゃあ、そろそろ起きて、支度《したく》を始めるか」

顔を洗ってすっきりと目を覚まし、リビングダイニングルームへ行くと、できたての味噌汁のいい匂いがしていた。

手際《てぎわ》がいい功一は、毎朝弁当とは違うメニューで、作り置きできる惣菜《そうざい》を、何種類か用意している。

ゆっくり食事して、功一が後片づけをしている間に身支度をすませ、少し光彦と遊んでやってから、開園前に公園へ着くよう余裕を持ってマンションを出た。

朝一番で公園内に入ると、光彦は元気にはしゃいで、園外保育で回ったコースを案内してくれる。

「こーぃちくぅーん！　パパァー！　こっちこっち！　このイケに、スッポンがいるんだよ～っ！」

残念ながらスッポンは、今日は顔を見せてくれなかったが、森の池には、オオサギとコサギがいた。

「あ、あれ、サギだよ！　おおきいのとちいさいのは、おやこじゃなくて、ちがうしゅるいのトリなんだって！」

光彦は水辺にいる野鳥を指差しながら、スグルくんから聞いたことを、得意げに教えてくれる。憶《おぼ》えたての知識を披露《ひろう》するのが嬉しいのだろう。

ヒヨドリを見つけた功一は、光彦に花を持たせるつもりで尋ねた。

「みーくん、あれ！　あの鳥は、なんていう鳥？」

「あれは……なんだっけ？　わすれちゃった！」

頼りないガイドさんは、名誉挽回《ばんかい》しようとばかりに、「こっちにめずらしいきがあるよ。きてきてぇ～」と熱心に誘う。

「あのきは、ラクショーっていうの。きのまわりにはえてるニョキニョキは、きがイキをするためのねっこなの。『きこう』っていうんだよ」

微妙に間違っている怪しい解説を、明彦が苦笑しながら訂正した。

「光彦。『ラクショー』じゃなくて、『ラクウショウ』って書いてあるぞ。それにこの根っこは、『きこう』じゃなくて『気根』。『気功』は中国の呼吸法を取り入れた体操で、気の流れをよくする健康法だ」

「あれ??　みーくん、まちがってた？　ホントだ。『ラクウショウ』ってかいてある」

バツが悪そうに笑った光彦は、それでも懲《こ》りずにガイドを続ける。

功一と明彦は、それに相槌《あいづち》を打ったり、訂正したりしながら、光彦のあとについていく。

ゆっくり時間をかけて森を見学し、公園を横切る長い池伝《づた》いにバードウォッチングして、十月桜があるお花見スポットでお弁当を広げた。

初めて功一お手製のキャラ弁を目にした明彦は、驚きに目を瞠《みは》る。

「な……なんて手の込んだ弁当なんだ……！」

弁当箱の中には、眠そうな目をした猫、柄《がら》の悪い顔をしたカラス、鶏《にわとり》とヒヨコの親子、びっくり顔の羊《ひつじ》、楽しそうに笑っている子犬——といったキャラクター物のおにぎりやおかずが、絵画のようにバランスよく詰められているのだ。

キャラ弁を作っているとは聞いていたが、ここまで芸が細かいとは思っていなかった。

「アートだ……。弁当という名の、食材を使ったアートだ……。まさか光彦のために、毎日こんな手間隙《てまひま》かけた弁当を作ってくれていたなんて……」

呆然とキャラ弁を見つめている明彦に、功一は苦笑しながら言う。

「アートだなんて、オーバーですよ。キャラ弁やデコ弁が流行ってるから、こういうお弁当を作っているのは、俺だけじゃないし……」

「そうなのか、光彦？」

明彦の問いに、光彦がこっくり頷いた。

「うん。ユミちゃんのママも、キューティーちゃんとミルフィーちゃんのおべんと一つくってた。ごはんにカオがかいてあるおべんとーとか、おはなやドーブツのウインナーとか、ヒヨコのゆでたまごがはいってるおべんとー、よくみるよ。でも、こーぃちくんのおべんとーが、やっぱりいちばんスゴイとおもう」

「……だろうな。食べるのがもったいないくらいだ」

「そんな……もったいないとか言わずに、食べてくださいよ。せっかく作ったお弁当なんだから……」

功一に勧められ、明彦は迷いながらも、ゆで卵の鶏に箸《はし》を伸ばした。

光彦も嬉しそうな顔で、お尻にカラをくっつけた、ゆで卵の黄身のヒヨコをパックンと口にいれて目を細める。

「おいし～！」

味は普通のゆで卵だが、ファンシーな形をしていると、なんとなく楽しい気分になるものだ。

お弁当を食べたあと、少し休憩して、再び公園内を散策した。

公園には、野鳥や鯉《こい》がたくさんいる。それを狙ってか、弁当のおこぼれを狙ってか、公園に住み着いている野良猫も多い。

休憩所のデッキの手すりで昼寝している猫を見て、光彦は妙にそわそわし始めた。しばらく何か言いたげな顔で迷っていたが、やがて思い切った様子で切り出したのだ。

「あのね。みーくんね、ちょっとごようじがあるの。こーぃちくんとパパは、ここでまっててて」

功一は、一人でどこかへ行こうとしている光彦を引き止めた。

「どこへ行くつもり？　一人でウロウロしちゃダメだよ。また迷子になっちゃうでしょう」

でも、光彦は困った顔で縋るように功一を見て訴える。

「すぐかえってくるよ。ちょっとだけ……」

「だったら、俺たちも行くから……」

功一の申し出を、光彦は「それはダメ！」と断った。

「どうして……？」

そこで明彦が、ぐっと功一の腕をつかんだ。

功一が明彦に視線を移すと、明彦は無言で功一の目を見て静かに首を横に振り、光彦に微笑みかけて言う。

「行っておいで、光彦。用事がすんだら、すぐ帰るんだぞ」

すると光彦は、笑顔で「うんっ！」と頷いて、入ってきた門のほうへ走っていく。

功一は『納得できない』とばかりに、明彦に噛みついた。

「どうして一人で行かせたんです!?　あなたは、みーくんが話す気になるまで待つって言ってたけど、何も聞かずに放っておいて、もし大変なことになったら……」

すると明彦は、功一のセリフを遮《さえぎ》って言う。

「僕は『もう理由を聞かない』とは言ったけど、『理由を探らない』とは言っていないよ。追いかけるんだ。そうすればきっと、園外保育の日に、何があったか判るはずだ」

功一は弾《はじ》かれたようにハッとして、「行きましょう！」と言ったと同時に走り出す。

少し出遅れてしまったが、幼稚園児だから、まだそう遠くへは行っていない。

功一と明彦は、光彦に気づかれないよう尾行《びこう》した。

光彦は振り返ることなく、大通りを左折して、目的地へ向かう。

しばらく行くと、古い佇《たたず》まいの高級住宅地に差しかかった。

光彦が、比較的新しいヨーロピアンデザイン輸入住宅の前で足を止め、門柱に設置されているインターホンを押すのが見えた。

洒落《しゃれ》たロートアイアンの電動門扉が、観音《かんのん》開きに開いていく。

光彦は迷うことなく、その邸宅の敷地内に足を踏み入れた。

「……いったい、誰の家なんだ？」

こっそり近づいてみると、門柱には「二宮《にのみや》」という表札が出ている。

玄関のドアが開いて、二十代半ばくらいの女性が出てきた。

その女性の顔を見た功一と明彦は、思わず「あっ！」と叫んだ。

「朝倉恭子《あさくらきようこ》さん……っ!?」

朝倉恭子は七年前まで、超売れっ子の人気女優だった。十五歳でデビューしてから、次々と主演した連続ドラマや映画がヒットを飛ばし、ＣＭにも数多く起用されたが、二十四歳で寿《ことぶき》引退してからは、芸能界から完全に姿を消している。

そんな元有名人の朝倉恭子と、光彦のどこに接点があるのだろうか？

突然名前を呼ばれた恭子と、聞き覚えのある声を聞いた光彦は、「えっ!?」と驚き、門の外へ視線を向ける。

「どーして!?　どーしてパパとこーぃちくんがいるの!?　こーえんで、まっててくれるってヤクソクしたのに……っ!!」

怒って文句を言う光彦に、明彦は涼しい顔で答えた。

「パパは『行っておいで』とは言ったが、『公園で待っている』とは言ってないぞ」

大人の詭弁《きべん》に、光彦は納得できない顔をしている。

功一は必死で光彦を宥《なだ》めた。

「ごめんね、みーくん。でも、一昨日《おととい》行方不明になったとき、どこへ行っていたのか教えてくれないから、みんなすっごく心配していたんだよ」

三人のやり取りを聞いて、門前にいる二人連れの男が何者か察した恭子が、電動門扉を開けてくれた。

「ここで立ち話もなんですから、どうぞ、中へ入っていらして。今日は可愛いお客さんが来る予定だったから、お茶とお菓子の用意をして待っていたの」

「では、お邪魔します」

功一と明彦は恐縮しながら、光彦はキョロキョロしながら、元人気女優の自宅へ入っていく。

三人が通されたのは、エレガントなヨーロピアンクラシックテイストの、見るからに高級そうなインテリアで統一された、ホテルのロビーみたいなリビングだ。

職業柄、ついじろじろ室内を見回していた明彦が、ため息混じりに言う。

「……すてきなお住まいですね」

「ここは私の実家なの。といっても、現役時代に私が建てたんだけど」

引退するまで、恭子はずっと売れっ子だったから、かなり高額の年収を得ていたのだろう。その若さで、こんな豪邸を建てられるなんて――羨ましい限りだ。

「ご両親は、どちらに？」

明彦の問いに、恭子は苦笑混じりに答えた。

「旅先で、父がぎっくり腰で入院して、まだ帰って来てないの」

なんと返していいものか迷っていると、光彦が「ノワール〜」と呼びかけながら、リビングの一角に駆け寄っていく。

そこには、おそらく特注品と思われる、お洒落な木製家具調の三段ケージが、さりげなく置かれていた。

ケージの中には、まっ黒い子猫がいる。

それに気づいて功一は、光彦が突然行方不明になった理由を、なんとなく察した。

恭子は愛猫と光彦を見て、優しく微笑みながら言う。

「ノワールは、一階ではこうしてケージに入れているけど、基本的には二階の猫部屋で放し飼いにしているの。あとで猫部屋へ連れてってあげるわ。とりあえず、お茶にしましょう。こちらへどうぞ」

勧められたソファに腰を落ち着けると、恭子はキッチンへお茶を淹《い》れに行き、花車のようなサービスワゴンに、ティーセットとお菓子を載せて戻ってきた。

「どうぞ、召し上がれ」

光彦は大喜びで、切り分けてもらったパンプキンパイを頬張ってニッコリ笑う。

「おいしい〜」

「喜んでもらえて、よかったわ」

恭子も腰を落ち着けたところで、明彦は居住《いず》まいを正し、名刺を差し出した。

「遅ればせながら、私はこの子の父親で、『大沢明彦』と申します」

功一も慌てて頭を下げて挨拶する。

「俺は……親戚の、松村功一です」

恭子は功一を観察しながら言う。

「あなたがみーくんのママね？　ずいぶん若そうだけど、高校生？」

どうやら光彦は、功一がママだと恭子にも言ったらしい。

男の功一を『ママ』と呼ぶからには、何か事情があるのだろうと察してくれているようだが。

「俺、高校生じゃありません。二十三歳。とっくに成人しています」

「まあ！　そうなの？　ごめんなさいね。アイドルみたいに可愛いし。てっきりもっと若いかと……」

とか言う恭子も、とても三十歳を超《こ》えているようには見えない。

光彦が無邪気に笑いながら、ママ自慢を始めた。

「みーくんのママ、おりょうりとってもじょーずなの！　おえかきもじょーずで、えほんのおしごとしてるんだよ！」

絵本と聞いて、恭子がハッとした顔で功一を見て尋ねる。

「……あなた、もしかして、『しあわせになってね』っていう、死んだ柴犬《しばいぬ》のお話でデビューした、絵本作家の『まつむらこういち』さん？」

「ご存知なんですか？」

「ええ。私、あなたのファンよ。デビュー作も、今月半ばに出たばかりの『神さまのなみだ』も買わせてもらったわ」

元人気女優にファンだと言われて、気恥ずかしいが満更《まんざら》でもない。

功一は思わず顔を綻《ほころ》ばせ、改めて頭を下げた。

「ありがとうございます。俺も、あなたが出演されたドラマや映画、ずっと見てました。あの朝倉恭子さんが、俺の絵本を気に入ってくださったなんて……光栄です」

そこで明彦が、タイミングを見計《みはか》らって本題を切り出す。

「ところで、朝倉さんは、どうしてうちの息子と知り合いに？」

「そうだったわ。それをお話しないとね」

恭子は思い出したように呟いて、打ち明け話を始めた。

「私がみーくんと出会ったのは、ペットホテルに預けていたノワールを迎えに行った帰りだったわ。運悪くペットキャリーが壊れて、ノワールが逃げてしまって。必死で探し回った末、ようやく公園の前でつかまえたの。そのまま抱いて連れ帰ったんだけど、家に入ろうとしたとき、なんとなく、誰かに見られているような気がして――振り返ったら、みーくんが門扉越しに覗いていたのよ。私のことを知ってるみたいで、驚いたわ」

そこで恭子は功一をチラと見て、すまなさそうに頭を下げる。

「みーくんが、一昨日行方不明になったときのこと、黙っていたのは、私のせいなの。ごめんなさい。『ここで私と会ったことは、誰にも言わないで』って頼んだから……」

静かに大人の話を聞いていた光彦が、恭子を庇《かば》って口を挟む。

「マジョのおねーさんは、わるくないよ！　みーくんが、マジョのおうちをみんなにおしえたら、おきゃくさんがいっぱいきて、おしごとえらぶのたいへんだもん！　だからみーくんと、マジョのおねーさん、ふたりだけのヒミツにしたの！」

明彦は訝《いぶか》しげに眉《まゆ》をひそめ、光彦に問う。

「魔女のお姉さんって……光彦？　お前、何を言っているんだ？」

すると恭子が代わりに答えた。

「それは私が、夏休みに知人の劇団で、魔女の代役を演じたから……」

「違います。恭子さんが、ノワールという名前の黒い子猫を飼っているからです」

功一が恭子の言葉を遮《さえぎ》って真相《しんそう》を打ち明けると、恭子が記憶を手繰《たぐ》り寄せ、不思議そうに呟く。

「そういえば……うちのノワールを前から知っていたみたいで、私がノワールのご主人様だから、魔女だと判った……って言っていたわ」

功一は再び否定した。

「いいえ。みーくんは、たぶん、ここにいる黒い子猫を知っていたわけじゃありません。俺が『ノワール』っていう黒い子猫が出てくる絵本を描いていて——物語の中で、魔女がノワールのご主人様になるから、きっと物語の世界と、現実を混同したんだと思います」

恭子は拍子抜《ひょうしぬ》けした顔で功一に問う。

「じゃあ……みーくんが私に、『お姉さん、魔女でしょう?』って言ったのは、私が魔女を演じた舞台を見たからじゃないの?」

「残念ながら、見ていません。朝倉恭子さんが舞台に立たれたなら、ぜひ拝見したかったんですけど……」

功一がそう答えると、恭子はサバサバと笑った。

「なぁーんだ。そうよね。一回だけ代役で、濃いメイクをして舞台に立っただけだもの。小さな劇団で、プレスが入るような舞台じゃなかったし。あれが、七年前に引退した朝倉恭子と気づいた人なんて、いるわけないのに……。つい、『魔女でしょう？』って聞かれて、ファンサービスのつもりで魔女の演技をしてしまって……紛《まぎ》らわしい真似《まね》をして悪かったわ。ごめんなさい」

恭子の言葉に、光彦は不思議そうに首を傾げた。

「おねーさん、ホントはマジョじゃないの？　でも、マホーつかったよね？　おねーさんがてをのばしてアイズすると、かってにモンがひらいたもん」

「それは、リモコンのスイッチを押したからよ。うちの門は電動なの」

恭子が種明《たねあ》かししても、光彦はまだ納得できないようだ。

「でも……おねーさん、おとといみたとき、ほんもののマジョみたいだったよ？　まっくろいおよーふくきて、くろいレースのてぶくろして、くろいレースで、かおがかくれるおぼうしかぶってた。あんなかっこうしてるひと、みたことないもん」

そこで恭子は、少し悲しげに俯《うつむ》いた。

「……あれは……喪服《もふく》よ。一昨日が夫の三回忌《き》――つまり、お姉さんの大切な人が天国へ行って、ちょうど二年目だったの」

光彦はあまりピンとこない様子だが、功一と明彦は気まずさに戸惑わずにはいられない。

「すみません。立ち入ったことを聞くことになってしまって……」

明彦が謝ると、恭子は気丈《きじょう》に微笑んだ。

「気にしないで。夫が亡くなって、もう二年も経つのよ。泣き暮らすのはとうにやめたわ。といっても、最近まで心にぽっかり穴が開いたみたいだったけど。久しぶりに代役で舞台に立って――『生きてる』って充実感を得られた。それがきっかけで『カムバックしたい』と思い始めて、近々復帰することが決まったの」

「それは、おめでとうございます」

「応援します。頑張ってください」

明彦と功一の言葉に、恭子は力強く頷いた。

「ありがとう。頑張ります」

きょとんとしていた光彦が、恭子に問いかける。

「カムバックってなあに？　おねーさん、なにするの？」

恭子は子供の目線に合わせ、じっと光彦を見つめて答えた。

「お姉さんは、結婚する前、テレビドラマや映画に出ていた女優だったの。仕事を辞めることが、相手の家族に結婚を認めてもらう条件だったから……二度と戻らない覚悟で女優を辞めたけど、また仕事をすることにしたのよ」

「じゃあ、おねーさん、テレビにでるの？」

「ええ。出演する作品が決まったけど、まだ発表されていないから、ここだけのヒミツにしてね」

すると光彦は、「だいじょぶ！」と胸を張って言う。

「みーくん、おくちのチャックがかたいから、ヒミツをまもるの、とくいだよ！」

確かに、小さい頃はつるっと口を滑らせていたが、この頃ずいぶん口が堅くなってきた。

でも、秘密を守るのが得意かどうかは怪しいものだ。

功一と明彦は、微妙な表情で笑いながら顔を見合わせている。


お茶とお菓子を楽しんだあと、恭子はノワールをケージから出して言う。

「そろそろ猫部屋へ案内するわね。こっちよ」

二階にある猫部屋は、吹き抜けとロフトのある天井の高い空間で、天井《てんじょう》の梁《はり》以外にも、キャットウォークが幾重《いくえ》にも渡され、キャットウォークに登るためのキャットステップや、アスレチック遊具のような、突っ張り式のキャットタワーも設《しつら》えられている。

「すごいですね……。本当に、猫のために作られた猫部屋だ」

明彦が感心したように呟くと、恭子はちょっぴり得意げに笑った。

「今はノワールしかいないけど、結婚前は、ここで五匹の猫を飼っていたの。一階のリビングダイニングは、応接間を兼《か》ねたリビングで、ここは猫と家族が寛《くつろ》ぐためのリビングよ」

猫部屋は、なるべく家具や家電の凹凸《おうとつ》をなくし、配線を隠しているが、テレビやオーディオもあり、人間用のカウチソファやロッキングチェアも置かれている。スケジュールに追われていた現役時代の恭子は、ここで家族や愛猫たちと過ごすことで、癒《いや》されていたのだろう。

室内に放されたノワールは、早速キャットタワーにぶら下がっているオモチャで遊び始めた。

それを見て、光彦が嬉しそうにはしゃぐ。

恭子が横から猫じゃらしで構い始めると、ノワールは、今度は猫じゃらしに夢中になった。

「みーくんにも、やらせて！」

猫好きの恭子は、小さな子供も好きらしい。お互いすっかり仲よくなって、一緒にノワールを構っている。

初めての訪問で長居するのもどうかと思うが、光彦も恭子も楽しそうなので、なかなか

『帰ろう』とは言えず、二時間近く二宮邸に滞在した。

さすがにこれ以上は迷惑だろうと、功一が明彦に視線で時計を示《しめ》して合図《あいず》し、明彦が恭子に暇《いとま》を告《つ》げる。

「つい長々とお邪魔してしまいました。そろそろ失礼します。今日はありがとうございました」

「いいえ。とても楽しかったです」

笑顔で挨拶を交わしてから、明彦が光彦を呼んだ。

「おいで、光彦。帰るよ」

光彦は遊び足《た》りない顔をしているが、素直に腰を上げた。

「おねーさん。また、あそびにきてもいい？」

おねだり顔で尋ねた光彦に、恭子が引き出しから紙とペンを取り出し、数字を書き込んだメモを渡して言う。

「いつでもどうぞ――と言いたいところだけど、家にいないこともあるから、来る前の日に電話してね」

「うんっ！　おねーさん、ありがとう！　おかしもすごくおいしかったよ！」

わざわざ電話番号を教えてくれたということは、社交辞令ではなさそうだ。

魔女と勘違いした光彦にファンサービスしてくれたり、一緒に遊んでくれたりして——まさかこんなに気さくで、子供好きな優しい人だとは思わなかった。

現役時代の朝倉恭子には、その役柄から好感を持っていた功一だが、プライベートで彼女に会って、ますます好感度がアップしている。

おそらく明彦も同じ気持ちだろう。

門まで見送ってくれた彼女に会釈《えしゃく》を返しながら、功一も、明彦も、晴れ晴れとした顔で家路《いえじ》を辿《たど》った。

エピローグ

今夜も光彦が眠りについたあと、功一と明彦は、静かにリビングで語り合った。

「まさかみーくんが、朝倉恭子さんと仲よくなっていたなんて……驚きましたよ」

功一がそう呟くと、明彦が『それ見たことか』と言わんばかりにニンマリする。

「変質者に悪戯されたりしてなかっただろう？　君は変なふうに心配しすぎだ」

「だって、みーくんの様子がおかしかったし。無邪気に人を信用しすぎるところがあるから、心配で……」

功一が言い訳すると、明彦は「解ってないな」と苦笑した。

「確かに光彦は、事なかれ主義で、誰にでもいい顔をする。人の言葉を鵜呑《うの》みにして、簡単に騙されるし。同じ年頃の子よりボキャブラリーが少なくて、ぼんやりしていて、ちょっと頼りない」

「俺はそこまで言ってませんけど……」

「僕はそう思っているよ。でも、そこが光彦の可愛いところでね。事なかれ主義で誰にでもいい顔をするけど、自分がイヤイヤ我慢して、周りに合わせているわけじゃない。本当に嫌なことは『嫌だ』と言える。人よりのんびりしているだけで、どうすれば自分も周りも幸せでいられるか、ちゃんと考えて行動しているんだ。もちろん、まだ幼いから、考えが至《いた》らないこともある。でも、素直すぎるほど素直だから、自分が間違えたと思ったら、誤魔化《ごまか》さずにそれを認められるし、自分の手に負《お》えないことが起こったら、格好つけずに『助けて』って言える。もし本当に危険な目に遭っていたら、光彦は黙っていないで、ちゃんと僕に相談してくれるはず。そう信じているから、鷹揚《おうよう》に構えていられたんだよ」

明彦の言葉を聞いて、功一はちょっぴり落ち込んだ。

「……敵《かな》わないなぁ……。俺、毎日みーくんの世話を焼いていて、みーくんのこと、よく解ってるつもりだったのに……」

ため息混じりにぼやくと、明彦が元気づけてくれる。

「それが母親と父親の違いだろう。細々と気を配って、心配するのが母親の役目。いつもドーンと構えて、いざというとき力を貸すのが父親の役目だ。二人とも同じことをしていたら、二人で育てる意味がない。これでバランスが取れているんだよ」

言われてみると、確かにそんな気もしてきた。

「そうですね。じゃあ俺は母親らしく、朝倉さんに、今日のお礼とお詫《わ》びを兼ねた手描きのイラストカードを出しておきます。事情があったとはいえ、アポなしでいきなり押しかけて上がりこんだ上、二時間も長居《ながい》したんですから」

明彦は悪戯っぽく笑いながら、功一の目を覗き込んで言う。

「きっと喜んでくれるよ。朝倉さんは、まつむらこういち先生のファンらしいからね」

「もう……からかうの、やめてくださいよ。社交辞令に決まっているじゃないですか」

すると明彦は、急に真顔になった。

「賞を取っても天狗《てんぐ》にならない慎《つつし》み深さは、君の美点だけど、自分を過小評価するのはやめなさい。賞を取れなかった人に対して失礼だし、ファンだと言っても本気にしてもらえなかったら、悲しいよ。朝倉さんが元人気女優だから、気後れしたのかもしれないが――君には、君にしか表現できない世界がある。まつむらこういちは、プロのクリエイターだろう？　自分の才能を認めてくれる人には、謙遜《けんそん》するより、感謝すべきだ。感謝の心を形にするには、君自身が、常にベストを尽《つ》くして作品を仕上げること。それ以外にない」

功一は、明彦の言葉にハッとした。確かに自分は、元人気女優の朝倉恭子に気後れして、無意識に、恭子の好意をはねつけるようなことを言ってしまったかもしれない。

「……あなたの言う通りです。朝倉さんは俺の絵本、二冊とも買ってくれたのに……社交辞令だなんて、失礼なことを言いました。俺はもっと、自分の作品に誇りを持って、人を幸せにできる物語が描けるよう努力します」

「うん。頑張って。君なら、きっとできる！」

明彦がいつも、こんなふうに支えてくれるから――功一は、ありのままの自分を受け入れ、愛することができる。

人はありのままの自分を愛せるようになったとき、初めて自分も、周りの人も、幸せにできるのだ。

そう思いながら、黒猫ノワールの話を考えた。

ありがとう――それは、大勢の人を幸せにできる魔法の呪文《じゅもん》。

その言葉を心に刻《きざ》んで、これからも絵本を描き続けよう。一人でも多くの人に、喜んでもらうために――。

END.

怒った旦那さん

1. 日曜日の招待

週明けの月曜日――功一《こういち》は光彦《みつひこ》が幼稚園にいる間に、手描きのグリーティングカードを作った。

二つ折りにしたカードの表紙、折った内側、裏表紙には、それぞれサイレント漫画形式で、黒猫ノワールのイラストを描いて。

カードの表紙には宛名《あてな》を。裏表紙には、自分の名前と連絡先を。

そして内側には、メッセージを書き込んでいく。

朝倉恭子《あさくらきようこ》様
昨日は突然お宅へ押しかけて、すみませんでした。
ご馳走《ちそう》になった紅茶とパンプキンパイ、とても美味《おい》しかったです。
ノワールも可愛らしくて、見ているだけで幸せな気持ちになれました。

長居《ながい》してはご迷惑だろうと思ったのですが、猫部屋があんまり居心地のいい癒《いや》し空間だったので、なかなか「帰ろう」とは言い出せず、つい長々とお邪魔してしまいました。申し訳ありません。

朝倉さんとノワールに出会えて、みーくんもとても喜んでいます。

もし機会がありましたら、ぜひ、うちにも遊びにいらしてくださいね。

カムバックされると伺《うかが》い、今後の朝倉さんのご活躍を、みんなで楽しみにしています。

応援しますので、頑張ってください。

まつむら　こういち

できあがったカードは、葉書《はがき》が入る白い洋形封筒に入れ、封筒には『恭子様』『まつむらこういち』と、宛名と差出人名だけ記入した。

光彦が教えてもらった恭子の連絡先は、携帯電話の番号のみで、住所は聞いていない。

実家の場所はわかっているから、地図を見れば調べられるけど――恭子は光彦に、自分と会ったことを口止めしている。ということは、実家に『朝倉恭子』宛で郵便物を出してはマズイのだろう。

本名が判れば郵送できるが、知っているのは、恭子が現役時代に建てた実家の表札が『二宮《にのみや》』だったことだけ。二年前に夫を亡くして、旧姓に戻っている可能性もあるが、そのまま夫の姓《せい》を名のっている可能性もあるし。どちらにしろ、下の名前が判らなければ、宛名の書きようがない。

それに、恭子はあの家で暮らしているように見えたが、嫁《とつ》ぎ先を出て実家に戻っているのか、旅先で入院した父親が回復するまでの留守番なのか、判断がつかない。

だから今日、早速カードを描いて、光彦を迎えに行く前に、自分で二宮邸のポストに投函することにしたのだ。

光彦が通う幼稚園の延長保育は、午後六時までと決まっている。

功一はお迎え時間に間に合うよう家を出て、二宮邸の門前まで寄り道してから、幼稚園へ向かった。

でも電車が遅れて、十分遅刻。

功一は大急ぎで幼稚園に駆け込んだ。

「遅れてすみませ～んっ！」

先生たちは、園児たちが帰ったあとも仕事があるから、みんな六時前後まで残っている。光彦の担任のみどり先生も幼稚園に残っているが、延長保育の子供たちを見ているのは、預かり保育業務を兼任《けんにん》している年少組の補助教諭《きょうゆ》だ。

預かり保育は、早朝預かりと延長預かりがあって、補助教諭は、早番と遅番で交代出勤している。

今日の遅番は、ユウコ先生とナオミ先生で、二人とも功一が遅刻したにも関わらず、にこやかに笑って挨拶してくれた。

「お迎《むか》え、ご苦労様です」

二人同時にそう言ったあと、ナオミ先生が「遅刻しないよう、以後気をつけてくださいね」と釘《くぎ》を刺し、ユウコ先生が「……といっても、どのみち今はタッちゃんのお迎えが遅いんですけど」とぼやく。

「アパレル関係は、九月・十月・十一月に、展示会やコレクションが多いから、パタンナーは十一月上旬まで、すごく忙しいらしいですね」

功一がそう言うと、先生方も「らしいわねぇ」と苦笑する。

「タツヤくんは、園に高額な寄付《きふ》をしてくださっている方の紹介で入園したから、連日遅刻されても、あまり強く言えなかったし。帰りたくても、サービス残業で帰れないから、かなりストレスがたまっていたけど。延長保育には残業手当がつくことになったから、『まあ、しょうがないか』って思えるようになったわ」

一学期はタッちゃんママ——須藤美月《すどうみづき》の大幅な遅刻で、延長預かり担当の先生方は、毎日ピリピリしていた。

それもあってか、タッちゃんはなかなか幼稚園に馴染《なじ》めず、預けられる本人も、先生方も、大変だったようだ。

でも、一番大変だったのは、遅刻せざるを得ない状況にあった美月本人だろう。

タッちゃんの父親は、タッちゃんが生まれる前に亡くなっている。美月は実家の世話になりながら、パタンナーとして第一線で活躍していた。

ところが、去年美月の父親が亡くなり、タッちゃんの世話をしていた美月の母親も、相次いで今年亡くなったため、一人娘だった美月は頼る者もなく、公私共に多忙を極《きわ》めていたのだ。

六月にタッちゃんを迎えに来たとき、美月は幼稚園で倒れて、救急車で運ばれた。

倒れた原因は、忙しさによる過労と、睡眠不足と、栄養失調と、ストレスによる自律神経失調症。現場に居合わせた功一がタッちゃんを預かり、美月は静養を兼ねて検査入院していたが、検査結果は「異常なし」。今は健康状態も回復し、元気に働いている。

「じゃあ先生方、お世話になりました。タッちゃん、また明日ね」

功一は光彦を連れて、幼稚園をあとにした。

マンションへ帰る途中、不意に携帯電話のメール着信音が鳴り、音に興味を惹《ひ》かれた光彦が、功一を見上げて言う。

「ケータイ、なってるよ」

「うん。メールが届いたみたい。歩きながらだと危ないから、おうちに帰って見るよ」

光彦が行方不明になったときは、『ながらメール』や『ながら通話』をしてしまったが、基本的に功一は、そういうことをしないようにしている。

自宅の玄関に入ったところで、立ち止まって携帯を出し、メールを確認した。

「誰からだろう？」

見覚えのないアドレスだったが、件名に名前が書かれている。

「あ……っ！　朝倉恭子さんからだ……！」

グリーティングカードの裏側には、住所のほかに、携帯電話のナンバーとメールアドレスも書き添えておいた。それを見てメールをくれたんだろう。

光彦は嬉しそうに瞳をキラキラさせながら、功一を見上げて尋ねた。

「マジョのおねーさん？　なんてかいてあるの？」

「うん。今読んであげる」

功一は、メール内容を声に出して読み上げていく。

『松村功一様
ステキなカードをありがとう。

あの日はみーくんと会う約束をしていたし、私にしてみれば、お客様の人数が増えただけよ。一人で退屈していたから、迷惑だなんてとんでもない。

むしろ、お気に入りの絵本作家さんとお近づきになれて、とても嬉しく思っています。

今は準備段階で、公式発表はまだだから、女優業に復帰するのは、もう少し先なの。

ぜひまた、みーくんと一緒に、猫部屋へ遊びにいらしてください。

次の日曜日なんていかが？

お時間に余裕があれば、今度は少しゆっくりしていらして。

もしよろしければ、我が家の応接間で、ランチかディナーをご一緒しませんか？

みーくんとお父様にも、よろしくお伝えください。

お返事、お待ちしています』

光彦の期待に満ちた顔が、満面の笑みに変わっていく。

「つぎのにちようびも、マジョのおねーさんちへ、あそびにいくの？」

「そうだねぇ。行きたいねぇ。パパが帰ったら、どうお返事するか相談しよう」

「うんっ！」

グズグズしていると明彦が帰ってくるので、功一はキッチンで晩ご飯の仕度を始めた。

光彦はダイニングテーブルの席に座って、嬉しそうに独り言を呟いている。

「ノワ～ル～♪　うふふふ～♡」

功一がチラッと振り帰って様子をうかがうと、光彦は蕩《とろ》けそうな顔で笑っていた。

「みーくん、よっぽどノワールが気に入ったんだねぇ」

「うんっ。だってジロは、みーくんがそばにいくとにげるけど、ノワールはいっしょにあそんでくれるもん♪」

ジロというのは、光彦となかよしだった柴犬のタロが死んだあと、金成《かねなり》のおじいちゃんが飼っているポメラニアンの雑種だ。生後六週目くらいで、ちづるちゃんの家から譲ってもらって、もう一年九カ月が過ぎた。

光彦は、しょっちゅうおじいちゃんの家に遊びに行っていたが、ジロは子供が嫌いらしく、光彦にはまったく愛想がない。

延長保育組に入ってから、光彦の訪問回数が減ったので、そのぶん功一が買い物ついでに立ち寄って、おじいちゃんと世間話をするようになった。そのせいか、ジロは功一にとても懐いてくれて――光彦にとっては、それも不満のタネになっているようだ。


しばらくして、いつもの時間に明彦が帰宅した。

光彦は待っていましたとばかりに、嬉しそうに玄関へ飛び出していく。

「パパー！　おかえりなさぁ～い！」

笑顔で飛びつくように愛息子《まなむすこ》に抱きつかれて、明彦も破顔《はがん》した。

「どうした、光彦。今日は熱烈歓迎だな」

「うんっ。あのね、マジョのおねーさんから、メールがきたの！」

明彦は苦笑混じりに訂正する。

「魔女のお姉さんじゃなくて、朝倉恭子さんだ」

「キョーコおねーさん？」

「そう。メールが来たってことは、功一くんが出したお礼状のお返事かな？」

「うん。おれいじょう、『にちようびに、ネコべやへいらしてください』ってかいてあったの！　みーくん、キョーコおねーさんちのネコべやで、またノワールとあそびたい！」

調理を終えた功一も、玄関で話し込んでいる二人のところへやってきて、明彦に携帯電話を渡してメールを見せた。

「『ランチかディナーをご一緒しませんか？』って書いてあるから、あなたと相談してお返事しようと思って、待ってたんです」

明彦はちょっと考え込み、光彦の手前、言葉を選びながら言う。

「……彼女、今は実家に一人でいるようだし。ご招待を受けるなら、やはりランチのほうが無難だろうね。光彦と三人だから、あらぬ噂を立てられることはないと思うが……彼女は元人気女優だ。ご近所さんは、見ていないようでも、しっかり観察しているものだよ」

「そうですね。じゃあ、『お昼前に伺う』とお返事しておきます」

「食事は返信してからでいいよ」

「じゃあ、先に返信しておきますね」

功一は恭子のメールに、手短に返信した。

『日曜日のお誘い、ありがとうございます。

お言葉に甘えて、みーくんと明彦さんと三人で、午前十一時半頃伺ってもよろしいですか？』


功一がメールを送信している間に、明彦が家着に着替えてきた。

ご飯をよそって配膳し、三人で食事しながら、『日曜日の訪問』について相談する。

「手土産《てみやげ》は、どうしましょう？　気心《きごころ》が知れた相手なら、事前に打ち合わせできるんだけど……ご本人に直接は聞きづらいし。相手のことをよく知らないから、悩むなぁ……。何を持って行ったら、喜んでもらえるんだろう？」

楽しい悩みで困っている功一に、明彦がアドバイスした。

「応接間で――と書いてあったね。お茶をご馳走《ちそう》になったときの印象からして、食事の誘いは、たぶんホームパーティーみたいなものじゃないかな？　応接間に置いてあったのは、どれもイタリア製の高級家具だ。食器も高価な一流ブランドで、お茶とお菓子を運んできたのは、トレイではなく、洒落《しゃれ》たサービスワゴンだった。紅茶はマスカットフレーバーのダージリン。なかなかこだわりのある人みたいだよ」

功一は思わず首を傾《かし》げて問い返す。

「マスカットフレーバー？　マスカットの味はしなかったけど……」

「いや、マスカットのフレーバーじゃなくて、夏摘《づ》みダージリン特有の、甘くフルーティーな香りのことだよ。紅茶通の知り合いに、新芽が多い、稀少《きしょう》な高級茶葉を使った紅茶を何度かご馳走になったんだが――とろりとした、まろやかで甘みのある上品な味わいがよく似ていた。少し冷めると甘みが際立つのも特徴的だった」

「……そういえば、すごく優しい味の紅茶で、冷めてから飲んでも美味しかった……」

「幼稚園児をもてなすためのお茶の用意があのレベルだ。そういうもてなし方を、当たり前にしているんだろう。『ランチかディナーをご一緒しませんか？』なんて誘われた以上、料理もそれなりのものが出てくるはず。僕は寝室のワインセラーの中から、手土産によささそうなのを選んで持っていくよ。ワインなら、当日開けて飲むこともできるし、開封しなかった場合は、長期保存できるからね。君も別に手土産を用意したいなら、パーティーの定番は、日もちのするお菓子か、果物か、花だと思うよ」

「……お菓子や果物は、先方も用意されるはず。今ご家族がお留守だし。カムバックを控《ひか》えて体型管理に励んでいるとしたら、もらっても困るかもしれませんね。やっぱり、そのまま飾れるアレンジメントの生花が無難かな？」

明彦と功一が大人の相談をしていると、光彦も仲間に入ろうと自己主張する。

「みーくんも、ノワールとキョーコおねーさんに、おみやげもっていきたい！」

明彦は目を細めて頷いた。

「そうか。猫部屋へのお誘いだから、ノワールにも手土産を買わないとな。土曜日にペットショップへ行って、ノワールと恭子お姉さんが喜びそうなプレゼントを探すか？」

「うんっ！」

そこでリビング側からメールの着信音が聞こえ、光彦が嬉しそうに席を立ち、功一の携帯電話を取ってきて言う。

「メール、きっとキョーコおねーさんからだよ！　なんてかいてあるの？」

光彦の予想通り、メールは恭子からの返信だ。

功一は声に出して、メールを読み上げた。

「日曜日の午前十一時半頃、お待ちしています。

久しぶりに料理の腕をふるえると思うと、今から楽しみです。

食べられないものや、苦手なものがあったら教えてくださいね――だって。『好き嫌いなく、何でも食べます』って返信しておくね」

功一は光彦にそう言って、すぐさま恭子に返信する。

本当に、日曜日が楽しみだ。

土曜日に、ペットショップで子猫が喜びそうなオモチャを買って。

日曜日の朝、花屋で予約していたバラのバスケットアレンジメントを受け取ってから、家族三人で二宮邸へ向かった。

◇　◆　◇

遅刻しないよう余裕を持って家を出たので、目的地に到着したのは十分前。

外での待ち合わせは、五分前には着いていなければならないが、個人宅を訪問する場合、約束の時間より早く行くとご迷惑になる。許容範囲は五分前まで。できれば約束の時間ぴったりか、五分程度遅れるくらいが望ましい。そう教えられて育ったので、功一は時間に気を使う。

近くで十五分ほど時間を潰してインターホンを鳴らすと、ほどなくして電動門扉が開き、恭子が玄関のドアを開けて出迎えてくれた。

「いらっしゃい」

恭子は上質でエレガントなワンピースの上に、大人可愛い洋服のようなA《エー》ラインのエプロンを身に着けている。こちらも畏《かしこ》まりすぎない程度に、お洒落してきて正解だ。

「遅れてすみません。これ、お花です。よかったら飾ってください」

「ありがとう。きれいなバラね。どうぞ、お上がりになって」

案内された応接間のテーブルには、ピックを指して盛りつけてあるチーズのオードブルや、籠《かご》に入ったチョコレートとともに、大きなシャンパンクーラーが置かれ、シャンパン・ビール・ソフトドリンクが冷やされている。

功一が持って来たバスケットアレンジメントは、テーブルフラワーとして、その場に飾られた。

「ウェルカムドリンクを用意したの。食事の支度ができるまで、これを飲みながら、ソファで寛《くつろ》いでいて」

そこで明彦も、持ってきたワインを袋から取り出して差し出す。

「僕もワインを持ってきました。お口に合うか判りませんが……」

「ありがとう。ボルドーのヴィンテージワインね。冷やしておいて、あとで一緒に飲みましょう。とりあえず、大人はシャンパンでいいかしら?」

明彦が「ええ」と頷き、功一も「ごちそうになります」と答えた。

恭子は静かにシャンパンを空《あ》けながら、今度は光彦に問う。

「みーくんは、オレンジジュースとグレープジュース、どっちがいい?」

「オレンジジュース！」

全員のウェルカムドリンクをサーブし終わり、恭子の手が空いたところで、功一はプレゼントの包みをさりげなく光彦に手渡した。

光彦はプレゼントを恭子に差し出し、ニッコリ笑って言う。

「みーくんも、ノワールとキョーコおねーさんに、おみやげもってきたの！　あとでネコべやで、いっしょにあそぼうね！」

恭子もふわりと微笑んだ。

「ありがとう、みーくん。ノワールも喜ぶわ」

「ごはんまで、ノワールとあそんでいい？」

「ええ。ケージの中で淋しがってると思うから、構ってやって」

そこで功一は、腰を上げた恭子に、「俺も何かお手伝いしましょうか？」と尋ねた。

「ありがとう。でも、もうほとんどできているのよ。ゆっくりしながら待っていて」

恭子は功一の申し出をやんわり断り、キッチンへ戻っていく。

光彦は早速ノワールに挨拶に行き、功一は明彦と並んでソファに腰かけ、密《ひそ》やかに耳打ちする。

「あなたの言う通り、ホームパーティー感覚のお呼ばれでしたね」

「ああ。ウェルカムドリンクも、ノン・ビンテージだが、有名メゾンのシャンパンだ。手土産のランクを外《はず》さなくてよかった……」

しばらく飲み物をいただきながら待っていると、恭子が戻ってきた。

「食事の用意ができました。こちらへどうぞ」

功一は洗面所を借り、ノワールと遊んでいた光彦に手を洗わせ、ダイニングテーブルに移動する。

「うわぁ、おさらのなかに、おはながはいってる！」

光彦が『お花』と言ったのは、バラ折りにしてある濃いピンクのナプキンだ。

ダイニングテーブルは、センスのいいパーティー仕様でコーディネートされている。

料理も本格的なフレンチで、美しく盛りつけられている。

「これ、全部朝倉さんが作られたんですか？」

「ええ。亡くなった夫や、夫の両親が、友人や知人を自宅に招いて、よくパーティーをしていたの。私も人をおもてなしするのが好きで、いつも張り切って料理を作っていたわ。しばらくそんな機会がなかったから、腕が落ちていないといいけど……。どうぞ、召し上がって」

勧められて料理を口にしたゲスト三人は、口々に褒《ほ》め称《たた》えた。

「おいしい！」

「本当だ。朝倉さんは、料理の才能もあるんですね」

「まるでレストランに来たみたい……。盛り付けも味もプロ級です」

恭子は満更《まんざら》でもなさそうに微笑んだ。

「もしかして、先日のパンプキンパイも朝倉さんが？」

功一の問いに、恭子がまた「ええ」と頷く。

「お菓子作りが趣味なの。食べてくれる人がいた頃は、よく作っていたわ」

するとと光彦も自慢げに言う。

「こーぃちくんも、おかしやおりょーりつくるの、じょうずだよ！　いつもキャラべんつくってくれて、ようちえんのおともだちに、『すごいね』ってほめられるの！」

恭子は「まあ……！」と興味深げな顔で功一を見た。

「まつむらこういち先生のキャラ弁だなんて……きっとすごく可愛らしいお弁当なんでしょうね」

「うん。『べんとう』というなの、ショクザイをつかったアートなの！」

このセリフは、明彦の受け売りだ。

「みーくん……。そんなオーバーなこと言わないで。恥《は》ずかしいじゃない」

「どーして？　パパもいってたよ？　こーぃちくんは、りょうりじょうずで、こまかいことまでよくきがつく、サイコーのママなの！」

無邪気に笑う光彦を、恭子は慈《いつく》しむような眼差しで見つめている。

「キョーコおねーさんも、こんど、みーくんのおうちにあそびにきて！　いっしょに、こーぃちくんのごはん、たべよう」

光彦は大人の心を鷲《わし》づかみにするおねだり顔でじっと見つめて、ちょっと舌足らずな甘えた声で恭子を誘う。

恭子はそれに、なんと答えたものかと苦笑しながら、チラと功一を見た。

功一もグリーティングカードに『もし機会がありましたら、ぜひ、うちにも遊びにいらしてください』と書いている。でも、『ここで改めて誘わなければ、社交辞令と判断しよう』と、功一の様子をうかがっているようだ。

実際に、料理を作ってもてなすのは功一なので、功一が誘わなければ、明彦も『遊びに来てください』なんて、無責任なことは言えないだろう。

功一は明るく笑って、恭子を誘ってみた。

「よかったらぜひ、今度うちにもいらしてください。俺の手料理、ご馳走します。普通の家庭料理ですけど……」

「嬉しい。本当に、お邪魔してもいいかしら？」

この問いは、明彦に向けられたものだ。体外的には、功一は明彦の家に居候《いそうろう》している親戚でしかないから。

明彦もにこやかに歓迎した。

「ええ。いらしてください。我が家でも、よく功一くんが、友人を招いてホームパーティーを開いているんです」

「じゃあ……お言葉に甘えて、お邪魔しようかしら」

恭子がそう答えたので、光彦が嬉しそうに言う。

「みーくん、キョーコおねーさんがマイゴにならないように、にちようびのアサ、おむかえにくるよ！」

ついこの間、行方不明になった人騒がせな幼稚園児に、『迷子にならないように』なんて言われると、さすがに笑ってしまう。

「みーくん一人じゃ、ここまでお迎えに来られないでしょう」

功一がそう突っ込むと、明彦が笑いながら、「僕が光彦と一緒に、車で迎えに来ます」と恭子に申し出た。

そこで功一がまたツッコミを入れる。

「それもマズイでしょう。もうすぐ女優業に復帰されるのに、『バツイチの子連れ男と交際中！』なんて、スキャンダルを捏造《ねつぞう》されたらどうするんです？　三人でお迎えに来るか、タクシーを使うほうが無難じゃないですか？」

　すると、光彦が提案した。

「だったら、さんにんで、おべんとーもっておむかえにきて、こーえんでピクニックしてから、おうちにごあんないすれば？　キョーコおねーさん、こーぃちくんのキャラべん、みたいでしょう？」

「見たいわ、ぜひ！」

　恭子は興味津々《しんしん》でそう答えたが、功一は心配だ。

「……いや、でも……『日曜日に公園でピクニック』なんて、そんな目立つことしちゃ、マズイんじゃ……？」

　でも恭子は、大らかに笑い飛ばして言う。

「大丈夫よ。私は七年も前に引退した女優だもの。今はUV《ユーブイ》対策で、つばの広い女優帽を被って、サングラスをかけるのが流行《はや》ってるでしょ。帽子とサングラスで顔を隠したら、かえって悪目立ちする——なんてこともないし。顔さえ見えなきゃ。かつてのファンが見たって、誰だか判らないわ」

「そんなものでしょうか？」

「そんなものよ。私はデザートのお菓子を作るから、松村さんは、私のために、みーくんが自慢していた『アートなキャラ弁』を作ってくださらない？」

「キ……キャラ弁ですか？」

「そうよ。私、可愛いもの、大好きなの。この間くれたグリーティングカードみたいな、可愛いキャラ弁がいいわ」

「解りました。じゃあ、次の日曜日はキャラ弁を作って、三人で十時頃、こちらへお迎えに上がります」

「嬉しい！　楽しみだわ」

話がまとまり、光彦も「わーい！　ピクニックだ！」とはしゃいでいる。


ランチパーティーが終わると、いよいよノワールを連れて猫部屋へ移動した。

「キョーコおねーさん。みーくんのおみやげ、あけてみて♪」

光彦がワクワク顔でそう言ったので、恭子もつられてワクワクしている。

「なにかしら～。電動オモチャ？」

ノワールのために買ってきたのは、円盤状のカバーの下で棒が動いて、音と動きで猫の興味を引くオモチャだ。

スイッチを入れると、ノワールは夢中になって棒の動きを追いかけ始めた。

「喜んでる、喜んでる。こういうオモチャがあったら、私が仕事で構ってあげられなくなっても、退屈しないわね。ありがとう、みーくん」

感謝されて、光彦は嬉しそうにニッコリする。

遊び疲れたノワールは、横になってうとうとし始めたが、オモチャが動くとハッと反応してしまう。

「そろそろ寝かせてあげたほうがよさそうね。猫はよく寝る動物だから」

恭子がオモチャを止めると、ようやくぐっすり寝入ったようだ。

あどけない子猫は、心地よさげな寝顔も可愛らしい。

しばらくそうして静かに眠っていたが、突然ノワールがウニャウニャ言い始めた。

光彦がビックリ顔で恭子に問う。

「ネゴトいってるよ！　ネコもネゴトいうの？」

「もちろん言うわ。クシャミだってするし。昔飼ってた花粉症《かふんしょう》の猫は、よく鼻提灯《ちょうちん》プーって膨らませてたのよ」

恭子が苦笑しながらそう答え、功一と明彦は、思わず「猫も花粉症になるんですか？」

とデュエットで聞き返してしまった。

「なるみたいね。結婚前に飼っていた猫たちは、もうみんな死んでしまったけど――いろんな子がいたわよ。ノワールも独りぼっちじゃかわいそうだから、そのうち家族を増やしてあげないと」

　確かに、これだけ手をかけ、お金をかけた猫部屋に、ノワール一匹だけなんて、淋しい気がする。

　三時ごろ猫部屋を出ておやつをいただき、一時間ほどおしゃべりして、お暇《いとま》することになった。

　別れ際、改めて恭子と約束を交わす。

「じゃあ、来週の日曜日、キャラ弁を持ってお迎えに来ますね」

「ええ。車はうちのガレージ前にある、来客用駐車スペースに停めてちょうだい」

「解りました。では、十時頃、お伺いします」

「楽しみに待ってるわ」

　まさかノワールという名の黒い子猫の物語が、こんなご縁《えん》を結んでくれるとは――予想外の嬉しい出来事だ。

「またらいしゅーね～！」

三人は恭子に見送られ、振り帰って手を振りながら、二宮邸をあとにした。

2. 再び事件発生！

日曜日の朝、功一は猫好きな恭子のために、気合いを入れてキャラ弁を作った。黒猫としましま猫の親子おにぎり。ガラの悪いカラスたちのミニおにぎり。ウインナーのスズメ。魚肉ソーセージとウズラ卵で作ったネズミ。すべて、『ぼくは黒ネコ』のキャラクターたちをメインにした、表情豊かでメルヘンチックなキャラ弁だ。発売された絵本を見たとき、思い出して笑ってくれるだろうか？

遅刻しないよう余裕を持って二宮邸へ向かい、駐車スペースに車を止めて、時間が来てから車を降りてインターホンを鳴らした。

玄関に出てきた恭子の服装は、フェミニンでエレガントなセレブカジュアルスタイルだ。さすが元人気女優。『顔を隠せば誰だか判らない』なんて本人は言っていたが、醸《かも》し出すオーラが一般人とは違う。

恭子は籐《とう》のランチバスケットを持って、「じゃあ、出かけましょう」と、迎えに着た三人を促した。

光彦が『あれ?』とばかりに、首を傾げて恭子に尋ねる。

「ノワールは?」

「お留守番よ。ピクニックに行く公園は、ペットを連れていっちゃダメなの」

「でも、こーえんにネコもいたよ?」

「それは、勝手に住み着いた野良猫。ペットを連れて行くのはダメって決まってるのよ」

「……そうなんだ……。ひとりぼっちでおるすばん、さみしいね」

光彦がノワールに同情すると、恭子が苦笑しながら教えてくれる。

「大丈夫。お泊《とま》りしに行くわけじゃないし。猫は自分のおうちにいれば、独りぼっちでも淋しがらずに、自分のしたいことをして過ごすの。エサと水とトイレさえちゃんと用意しておけば、問題ないわ」

戸締りして門を出ると、光彦は恭子に右手を差し出して言う。

「キョーコおねーさん。みーくんがエスコートしてあげる。おんなのこをエスコートするのが、シンシのやくめなんだよ」

光彦のマセたセリフに、恭子は「ええ?」と驚きながらも、「ありがとう」と笑って手を取った。

「みーくんは、誰に『女の子をエスコートしなさい』って教わったの？」

「アリサちゃん。『おんなのこをエスコートするのが、シンシのたのしみ』なんだって」

「楽しみ？」

光彦の怪《あや》しいセリフに、恭子が首を傾げている。

そりゃそうだろう。後ろを歩いていた功一と明彦は、顔を見合わせ、二人同時に吹き出してしまった。

「みーくん。それは『楽しみ』じゃなくて、『嗜《たしな》み』だよ」

功一が訂正すると、光彦は「あっ、そう！　たしなみ！」と苦笑いして言い直す。

なかよく手をつないで歩く光彦と恭子は、どう見ても母子《おやこ》にしか見えないが。

「みーくんとキョーコおねーさん、ビナンビジョのカップルで、おにあいだよね！」

光彦がそう言って、またまた恭子を笑わせている。

「せめて私があと二十歳くらい若かったら、そう見えるかしらね」

恭子は笑って受け流したが、功一は複雑な気分だ。

「……まったく。みーくんってば、いつの間にかナンパな幼児になっちゃって……」

ヒソヒソ声で呟《つぶや》くと、明彦が苦笑しながら功一を宥《なだ》める。

「あれもアリサちゃんの受け売りだろう。たぶん光彦は、『なかよし』というニュアンスで、

『お似合い』と言っているんだと思うよ」

「そうかもしれませんけど……」

「心配しなくても、思春期になったら、女の子と手を握るのも恥ずかしくなる。中学生になってもあの調子なら問題だが……たぶん、今のうちだけだよ」

しゃべりながら並んでのんびり歩いていたため、大通りの交差点で信号に引っかかって、光彦たちと離れてしまった。

信号が変わるのを待っていると。

「キャーッ！」

不意に通りの向こうから、恭子の悲鳴が聞こえてきた。

何事かと目を凝《こ》らすと、黒っぽい服を着た男が、恭子から光彦を奪おうとしている。

明彦と功一は、血相《けっそう》を変えて叫んだ。

「光彦！」

「みーくん！」

男は恭子を突き飛ばし、光彦を抱えて逃げていく。

信号が青に変わり、急いで現場に駆けつけたが——男は近くに停まっていた車の後部座席に乗り込み、逃走してしまった。

「今の車……僕たちが恭子さんを迎えに行ったとき、家の近くに止まっていた！　ナンバーが〈はよーいく８４－１９〉だったから、間違いない！　車種も同じだ！」

「明彦さん！　早く！　警察に連絡を！」

「ああ」

功一に急かされ、明彦が携帯を出して一一〇番通報しようとすると。

「待って！」

慌てた様子で恭子が止めた。

「間違えて攫《さら》われたのかもしれないわ！　通報するのは、少しだけ待って！　犯人に心当たりがあるの！　もし私の推測通りなら、悪意があって誘拐したわけじゃない！　みーくんは無事取り戻せるわ！」

恭子が必死でそう訴えたので、明彦は渋々、発信ボタンを押さずに待機《たいき》する。

恭子も携帯を出し、急いでどこかへ電話した。

「出ない……。通話中だわ……」

明彦が険《けわ》しい顔で恭子を問い質《ただ》す。

「いったいどういうことですか？　こんな人目につく大通りで、あんな覚えやすいナンバーの車を使って、こんな時間に誘拐するなんて、確かにちょっと不自然だ。心当たりとは、誰なんです？」

恭子は電話呼び出しを続けながら、思いつめた様子で打ち明ける。

「……みーくんを攫ったのは、亡くなった夫の両親じゃないかしら。私と手をつないでいたから、息子と間違われたのかもしれないわ」

「息子？　朝倉さん、息子さんがいらしたんですか？」

明彦の問いに、恭子は「ええ。みーくんと同い年の一人息子よ」と答えた。

「いろいろ事情があって、夫の両親の家に残してきたんだけど——三回忌のとき、帰り際に、『ぼくもママのところへ行きたい。ママのおうちへ連れてって』って追い縋《すが》られたの。あとで夫の母が、『和輝《かずき》の気持ちを掻き乱すことになるから、二度と来ないで』なんて、電話をかけてきたくらいだもの。よほど私を恋しがっていたんだと思う。もしかしたら、夫の両親の目を盗んで、一人で私を探しに……」

そこで恭子は、不意に話をやめた。

「！　もしもし？　聡子《さとこ》です！　和輝はそこにいるんですか!?」

恭子の本名は聡子というらしい。

電話の相手がどう答えたのか聞こえなかったが、恭子は確信を持って明彦に言う。

「まだ別人だと気づいていないようだけど、やはり夫の両親の仕業《しわざ》だった！　小早川《こばやかわ》家に行けば、みーくんを連れ戻せるわ！　ここから車で十分とかからない住宅地よ！」

「僕の車で、そこへ行きましょう！」

三人は大急ぎで二宮邸へ引き返した。

光彦の身に危険はないと判ったけれど、突然攫われた恐怖を思うと、心配でいても立ってもいられない。

「朝倉さんはナビシートに乗って！　道案内してください！」

全員車に乗ったところで、恭子の夫の両親の家へ向かう。

「住宅地へ入るまでの道は解ります。近くへ着くまでに、どうしてこんなことになったのか、詳しく事情を説明していただけませんか？」

明彦の問いに、恭子は暗く沈んだ声で答える。

「そうね。こんなことになった以上、隠しておくわけにはいかないわ。話せば長くなるんだけど……私が芸能界を引退したのは、それが夫の両親に、結婚を許してもらう条件だったからなの」

つまり恭子は、できるものなら寿引退したくなかったが、結婚するためやむなく引退した――ということか？

「亡くなった私の夫――小早川和弘《こばやかわかずひろ》は、旧家の一人息子で、夫の両親は彼に家を継がせるため、条件のいい取引相手の娘と結婚させるつもりだったみたい。でも、夫はその縁談を断って、私と結婚したの。私は夫の両親にとって、意に添わない嫁だった。だから、同居するのは大変だったけど……なんとか折り合いをつけて一緒に暮らしていけたのは、夫が庇《かば》ってくれたからよ」

舅《しゅうと》・姑《しゅうとめ》が気に入らない嫁に八つ当たりする――よくある苦労話の典型的なパターンだ。

「まさか和弘さんが、こんなに早く亡くなるなんて……誰も思っていなかった。高速道路で玉突き交通事故に巻き込まれたの。和弘さんの四十九日《しじゅうくにち》が過ぎた頃、彼の両親が私に言ったわ。『あなたはまだ若いんだし、この家を出て、再婚するなり、仕事をするなり、あなたの自由にすればいい。引きとめはしないわ。でも、和輝は渡さない。あなたはまだ子供を産めるけど、小早川家の跡取りは、もう和輝しかいないのよ』って。だから私、和輝と暮らすために、小早川家に留《とど》まったの。でも夫の両親は、本音《ほんね》を言うと、私に出て行ってほしかったみたい。夫が亡くなってからの一年九カ月間は、まるで針の筵《むしろ》に座らされているような毎日だった……」

ストッパーになっていた息子が死んで、舅・姑は、きっとここぞとばかりに彼女をイビリだしたんだろう。

「ストレスが限界に達していたとき、私のことを気にかけてくれていた友人から、電話があったの。『役を降りたくなくて頑張ってきたけど、体調を崩して、千秋楽《せんしゅうらく》まで持ちそうにない。舞台の代役を頼めないか』って……。私には、断ることができなかった。義理立てではなく、私が舞台に立ちたかったから。日常を離れて、違う自分になりたくて、むしろ喜んで引き受けた。それを夫の両親に知られてしまって……。『引退するのが、小早川家の嫁になる条件だったのに、その誓いを破った。だからこの家を出て行け』と言われたの」

小早川夫妻は、結婚の条件を盾に難癖《なんくせ》つけて、気にいらない嫁を追い出したわけだ。

「じゃあ和輝も一緒に連れて行く。そう言い返したら、『約束を破ったあなたが悪いのに、一人息子を亡くした私たちから、唯一《ゆいいつ》残された孫まで取り上げるのか。あなたは若いんだから、子供がほしいなら、また産めばいいじゃないか』と泣かれたわ」

そこで功一が、憤《いきどお》りの声を上げた。

「また産めばいいって……和輝くんは、この世に一人しかいない！　朝倉さんにとっても、たった一人の、旦那さんの忘れ形見《がたみ》なのに……！」

「そう。和弘さんを亡くしてつらい気持ちは同じ。だから、約束を破って家を出される立場の私が、和輝を連れて行くなんてできなかった……。夫の両親に言われるまま、『姻戚《いんせき》関係解消届』と『復氏届』を出して、実家の戸籍《こせき》に戻ったの。そのとき、夫の両親と和輝の養子縁組も承諾させられた。『ともに暮らす私たちが、和輝が相続した財産を管理し、和輝の代理人として行動するために、必要な手続きだから』と。『養子縁組しても、実の親との親子関係は切れない。親が二組に増えるだけだ』と言われて……和輝が夫の姓を名乗ることに異存はなかったから、私は彼らに言われるまま、養子縁組を承諾したの。ところが――」

恭子は感情を昂らせ、震える声で打ち明ける。

「その後私が『和輝に会わせてほしい』と頼んでも、いろいろ理由をつけて、会わせてもらえなかった。電話しても、話をさせてくれないし。直接会いに行ってみたら、『あなたはもう、うちの嫁じゃないんだから、用もないのに来ないで』と追い返された！　こんなことになるなら、養子に出すんじゃなかった……！　そう思って、三回忌《き》に小早川家へ行ったとき、あの人たちに言ったのよ。『私がここへ来てはいけないなら、せめて成人するまで私の手元で和輝を育てたい』って。そうしたら……『あなたはもう親権者じゃないから、和輝を育てる権利はない』って言われた……！」

話しているうち、恭子の瞳から涙があふれてきた。

「親が二組に増えるというのは、『相続権と扶養《ふよう》義務がある』という意味で、親権は、実の親である私ではなく、養《やしな》い親《おや》になった夫の両親に移っていたの。まさかあれが、私から和輝を取り上げるための手続きだったなんて……！」

小早川夫妻は、法律に疎《うと》い恭子を上手《うま》く言いくるめて、騙《だま》したのだ。

「今後のことをゆっくり話し合うつもりで、ノワールをペットホテルに預けて出かけたけど、話し合うどころじゃなかった。半ば追い出されるように小早川家から帰ってきて、ショックでぼんやりしていたから、ペットキャリーを落として、ノワールを逃がしてしまったの……」

そんな目に遭えば、動揺するのも無理はない。恭子の気持ちを思うと、胸が痛む。

「あの日みーくんに、『お姉さん魔女でしょう？』って言われなかったら、すぐには立ち直れなかったわ。でも、みーくんがそう言ってくれたから、カムバックすると決めたことを思い出すことができた。過去は振り返らず、前だけ向いて歩いていかなきゃ。私はいい嫁じゃなかったけど、和輝は和弘さんの忘れ形見で、可愛い孫なんだもの。きっと小早川家で大切に育ててくれる。みーくんのおかげで、そう思えるようになったのに……まさか和輝と間違えられて、みーくんが攫われるなんて……」

黙って話を聞いていた明彦が、静かな声で言う。

「つまり要約すると、あなたは三回忌で息子さんを引き取りたいと申し出たが、断られた。それで、息子さんの養父母となった父方の祖父母が、あなたが勝手に息子さんを連れ出したと勘違いして、あなたと手をつないで歩いていた光彦を攫った——ということですね？」

「ええ。さっき電話したとき、夫の父が、『和輝を勝手に連れ去っただろう。今度こんなマネをしたら、誘拐罪で訴えてやる』と、怒鳴って電話を切ったんです」

「そして光彦が攫われたということは、あなたの息子さんも行方不明ということだ。大人の思惑に振り回されて、幼い子供が二人も傷ついている。あなたは事を荒立てたくないようだが――僕はこの事実を、見過ごすことはできません。場合によっては、厳しく糾弾《きゅうだん》するつもりです」

明彦は深く、静かに怒っている。

功一だって同じ気持ちだ。

子供が母親を恋しがるのは当たり前。

なのに、母親を騙して子供を取り上げ、子供がいなくなったら母親を疑って――間違いとはいえ、よその子供を攫うなんて、信じられない。

一刻も早く光彦を取り戻して、恭子の子供を捜さなければ。

◇　◆　◇

その頃――小早川家では、恭子の夫の両親――小早川夫妻が、連れてこられた幼稚園児を見て驚愕《きょうがく》していた。

「この子、いったい誰なの!?」

「役立たずどもめ！　私は『和輝を連れ戻せ』と言ったんだぞ！　いったいどこの子を攫ってきたんだ!?」

光彦を攫った便利屋業者の男二人は、ひたすら困惑するばかりだ。

「ですから、この子が、二宮聡子さんと手をつないで歩いていた子供です」

「そんなバカなことがあるか！　まるっきり別人じゃないか！　この子の親に訴えられたら、どうするつもりだ!?」

怒鳴り散らす小早川氏の剣幕《けんまく》に、任務に失敗した便利屋だけでなく、光彦も怯《おび》えて竦《すく》み上がっている。

小早川夫人が追い討《う》ちをかけるように、便利屋を冷たくあしらう。

「速《すみ》やかに親元に帰して、謝ることね。あなたたちが勝手に人違いして、攫ってきたのよ。私たちは、この子の件に関しては無関係です。早く連れて帰ってちょうだい」

「そんな……。奥様……」

「無能な人材は要らないの。あなたたちはクビ！　早くその子を連れて出て行きなさい。巻き込まれたら迷惑よ」

不確かな情報を流したことは棚に上げて、勝手なことを言うものだ。

違う子供を攫うハメになったのは、彼らが『二宮聡子――つまり元女優の朝倉恭子が、小早川家に養子に出した子供を連れ去った。二宮邸周辺を見張り、恭子が攫った子供を救出してくれ』と、電話で依頼したからだ。

あとで携帯に子供の写真を送ると言われ、取り急ぎ二宮邸の近くへ駆けつけた。

人の出入りが見える場所に車を停めて張り込んでいると、二宮邸の来客用駐車場に車が停まり、男が二人、車から下りて来た。一人は三十歳前後の、長身スレンダーで程《ほど》よくマッチョな男。もう一人は、高校生らしき少年だ。

二人は幼稚園くらいの男の子を連れて、二宮邸の門の中へ入っていき――しばらくして、恭子が子供を連れて外に出てきた。

なかよく手をつないで歩く二人の後ろを、二人組の男が、少し離れてついていく。

電話でそう報告すると、クライアントの小早川氏が言ったのだ。

『おそらく男と少年は、聡子に雇《やと》われ、和輝を連れ去った実行犯だ！　少々荒っぽいやり方でも構わんから、早く和輝を取り戻して連れて来い！　聡子は和輝の実の母親だが、今はうちとは縁を切っている赤の他人。和輝は祖父母である我々と養子縁組した、小早川家の跡取り息子だ！　親権も監護権《かんごけん》も、養い親である我々にある！　警察沙汰《ざた》にはしたくないから、民間業者に依頼したが——たとえ実の親であっても、我々の許可なく子供を連れ去れば、れっきとした誘拐だ！』

要するに、子供の保護・監督・教育・財産管理をする権利も、ともに生活する権利も、小早川夫妻が持っているということだ。

小早川氏は『子供を無事連れ戻すことができれば、専属警護の契約もする』と言っていたし。小早川家は資産家で、連れ戻しの成功報酬も大きい。なんとしても、子供を小早川夫妻のもとへ送り届けたいが——正攻法で交渉して、すんなり返してくれるだろうか？

恭子は二人、ボディーガードを付けている。少年はともかく、男のほうは強そうだ。揉《も》み合いになったら、勝てる気がしない。

車と徒歩で二手に分かれて四人のあとを尾行《びこう》していると——しばらくして、絶好のチャンスが訪れた。交差点で男二人が信号に引っかかったのだ。

届くはずの子供の写真は、まだ届いていなかったが、ここでグズグズしていたら、子供を連れ戻すチャンスを逃してしまう。

次の契約ほしさに焦《あせ》っていた便利屋は、咄嗟《とっさ》に子供を恭子から奪い取り、車で逃走した。

そのまま小早川邸へ向かい、子供を引き渡したところ——まさかの人違いが発覚し、途方に暮れている。

写真の到着を待たずにフライングしたのはこちらの落ち度だが、朝倉恭子が連れていた幼児を養子である孫と決めつけ、『少々荒っぽいやり方でも構わんから、早く和輝を取り戻して連れて来い！』などと言ったのは小早川氏だ。ここで無関係を決め込んで、仕事に失敗したままクビを切られても困る。

「もう一度チャンスをください！　必ず坊ちゃんを探してきますから……！」

「くどいわね。クビだと言ったでしょう！　和輝の捜索は、別の業者に依頼するわ」

「そんな……！　待ってください！　小早川さん……！」

しばらく押し問答していたが、小早川夫妻は取り付く島もない。

「うるさい！　早く出て行け！　その子供を連れて、今すぐここから立ち去れ！」

小早川氏が荒っぽく玄関のドアを開け、子供ともども、便利屋を追い出そうとする。

そのとき、門前にパールホワイトの高級セダンが停まった。

ドライバーシートに乗っているのは、恭子の後ろを歩いていた、三十歳前後のボディーガードらしき男——明彦だ。

ナビシートには恭子が、リアシートには、ボディーガードらしき男と一緒にいた高校生くらいの少年——功一が乗っている。

三人は血相《けっそう》を変えて車から下りて来た。

明彦が、人違いで攫われた息子の名を大声で呼ぶ。

「光彦！」

怯えて涙ぐんでいた光彦は、明彦を見てホッとした様子で叫んだ。

「パパー！」

明彦は鍵がかかっている門扉越しに、「息子を返せ！」と大声で騒ぎ立てた。

体裁《ていさい》を気にした小早川氏が、『面倒なことになった』と言いたげな顔で速やかに門扉を開け、敷地内に明彦が踏み込むことを容認《ようにん》する。

父と子は互いに駆け寄り、ひしと抱き合って言う。

「無事でよかった……光彦……！」

「パパぁ……！　こわかったよぅ……！」

気が緩んだせいか、光彦はわんわん泣き出した。

功一も一拍遅れて二人に駆け寄り、「もう大丈夫だよ、みーくん」と、優しい声で光彦をあやす。

明彦は光彦を功一に託《たく》し、小早川氏の元へ、つかつかと歩み寄っていく。

「あなたがこの男たちを使って、うちの息子を誘拐させたんですね？」

誘拐犯扱いされた小早川氏は、憤慨して怒鳴り上げる。

「人聞きの悪いことを言うな！　こいつらが勝手に連れてきたんだ！」

するとと明彦も激しく憤り、ますます声を荒げた。

「あなたが『子供を攫って来い』と命じたからじゃないんですか？　彼女の子供を！」

そう言って指差された朝倉恭子は、小早川氏を非難がましい瞳でじっと見つめている。

小早川氏は恭子を一瞥《いちべつ》し、フンと鼻先でせせら笑った。

「和輝のことを言っているのか？　この女が何を言ったか知らないが、和輝はきちんと養子縁組した、うちの跡取り息子だ。親権も監護権もこちらにある。無関係な人間が、他人の家の問題に口を挟むんじゃない！」

そう言われて、明彦はぶちキレ、機関銃のようにまくし立てる。

「無関係だと!?　冗談じゃない！　僕はあなた方に息子を誘拐されたんだ！　僕と僕の家族を巻き込んだのは、そっちじゃないか！　彼女が『警察に通報するのは待ってほしい』と頼むから、仕方なく保留にしただけで、本音を言えば、出るところに出て、あなた方を未成年者略取《りゃくしゅ》誘拐罪で訴えたいと思っている！　今すぐ糾弾してやりたいところだが、いなくなった子供を捜すのが先だ！　しばらく保留にするだけで、気が変わったわけじゃないからな！」

捨てゼリフを残し、明彦は光彦を連れた功一と恭子を車に乗せ、小早川邸から立ち去った。

◇　◆　◇

功一は、明彦の啖呵《たんか》に圧倒されている。

(明彦さんがこんなに激しく怒っているところ、初めて見た……)

明彦は温厚な男だ。理性的で思慮深いから、取り乱すのは嫉妬に狂ったときくらいだし。自制心ゆえに怒りが持続しない性質で、すぐにいつもの自分を取り戻す。

けれど今回ばかりは、声を荒げて怒鳴りつけても腹の虫は収まらないようで、ずっとピリピリした空気をまとっている。

我が子が誘拐されたんだから、親なら怒って当然だ。

でもたぶん、それだけじゃない。小早川夫妻が恭子を上手く言い包め、子供の親権を奪ったことにも腹を立てているのだろう。

明彦自身も、元妻の両親に、子供を奪われそうになったことがある。きっとあのときのことを思い出して、恭子の苦境を人事《ひとごと》だと思えなくなっているのだ。

「朝倉さんが、あの家を出たいと思った気持ちが理解できましたよ。人の息子を攫っておいて、堂々と言い逃《のが》れして、謝罪のひとつもないなんて……バカにしている……!」

　怒りに震えながら呟いた明彦に、恭子が申し訳なさそうに謝った。

「嫌な思いをさせて、ごめんなさい……。みーくんも、私のせいで、怖い思いをさせてごめんなさいね」

「……あなたのせいじゃありません。あなたも彼らに振り回された一人だ」

　明彦はそう言って恭子を気遣ったが、光彦は状況が飲み込めず、きょとんとしている。

「どーして、キョーコおねーさんがあやまるの?　あのコワイおじちゃんたち、だれ?」

「私の夫のお父さんと、お母さん。みーくんを攫ったのは、二人にお金で雇われた人たちよ。みーくんは、私の子供――和輝と間違えて連れ去られたの」

　そこで明彦が路肩《ろかた》に車を停め、恭子に尋ねた。

「光彦は無事取り戻せたし。一刻も早く、行方不明の和輝くんを探さないと。和輝くんが行きそうな場所に心当たりはありませんか?　普段からよく行く場所とか、思い出の場所とか……」

　恭子は思いつめた様子で、じっと考え込んだ。

「……和輝の幼稚園や、よく行く公園は、もうあの人たちが探しているはず……。探しても見つからないから、私のところへ来たのよね?　あの子と私しか知らない、思い出の場所……。思い出の……」

　そこでハッとして言う。

「神社かもしれない！　ときどき家族に内緒で、二人で猫がたくさんいる神社に遊びに行っていたの！　私と和輝は猫好きだけど、夫と姑が猫アレルギーで、あの家では生き物を飼えなかったから……」

「じゃあ、その神社の近くの駐車場に車を止めて、手分けして神社周辺を探しましょう！」

　恭子の案内で神社の近くに車を止め、車を降りて、彼女の携帯電話の画像を見せてもらった。

「この子が和輝よ」

　和輝はどちらかといえば父親に似たようだが、目元が少し恭子に似ている。おっとりした印象で、見るからに『いいところのお坊ちゃま』という感じだ。

「背格好は、だいたいみーくんと同じくらい。着ている服は判らないけど、この写真みたいな、イタリア老舗《しにせ》ブランドの服が多いわ」

「よしっ。手分けして、神社周辺を探そう！」

　神社の参道を登りながら、恭子は必死で和輝に呼びかける。

「和輝～っ！　ママよ～っ！　もしいるなら返事して～っ！　和輝～っ！」

明彦は功一に光彦を託《たく》し、一足先に参道《さんどう》を駆け上がって行く。

少し遅れて、光彦を連れた功一と恭子も、ひっそりとした境内に入っていった。

社殿のそばに立っている明彦が、静かに二人を手招きする。

近寄っていくと、社殿の裏に隠れるように、猫を抱きしめた幼児がしゃがみ込んでいた。

「和輝！」

恭子が名を呼び、駆け寄って抱きしめると、和輝は口をへの字に曲げて、大粒の涙をボロボロこぼす。

「心配したのよ、和輝！」

恭子がそう言うと、和輝が「うそつき！」と詰る。

「ママはジョユウのおしごとをするために、ボクをすてたんでしょう？　ボクより、おしごとのほうがたいせつなんだ！」

恭子は当惑し、悲しい瞳で和輝を見つめて涙ぐむ。

「そんなことない。ママは和輝が一番大切よ。誰よりも愛してる。パパが生きていたら、ずうっと仕事なんてしないで、パパと和輝と三人で、あの家で暮らしていたわ。でも……パパが死んでしまったから、ママはあの家にいられなくなったの……」

愛しい我が子の誤解を解くため、恭子は切々とつらい胸の内を明かした。

「連れて行けるものなら、和輝も連れて行きたかった……。でも、和輝はママだけの子供じゃない。ママが和輝を大切に思うのと同じくらい、おじいちゃまも、おばあちゃまも、和輝のことを、とても愛しているの。だからママの我儘《わがまま》で、一緒に連れて行くことができなかっただけ……」

和輝は涙に濡れた瞳を揺らして問いかける。

「……ボクがいらなくなったから……おいていったんじゃないの……?」

「そんなこと、あるもんですか……!」

恭子にしてみれば、一人息子を亡くした小早川夫妻の心情を思いやって、可愛い孫を可愛がってくれると信じて、子供を預けたつもりだったんだろう。

けれど実際には、騙すようなやり方で息子を取り上げられ、面会さえ拒否されて。やりきれない思いをしているに違いない。

明彦がそっと歩み寄り、しゃがんで和輝に話しかけた。

「和輝くん。こんにちは。おじさんは、ママの知り合いで、大沢明彦というんだ」

和輝は訝《いぶか》しげに明彦を見ている。

「おじさんは、ママと和輝くんの味方だよ。ママは和輝くんに会いたくても会えなくなってしまったから、なんとかして、二人をときどき会わせてあげたいと思っているんだ」

明彦の言葉で、和輝の顔に光が差した。

「ホント？」

「ああ。だから、おじさんに教えてくれないか？　和輝くんは、どうしてママが、女優のお仕事をするために、和輝くんを捨てたなんて思ったんだい？」

和輝は戸惑いながら、小さな声で言う。

「おばぁちゃまが……そういったの」

「へぇー。おばあちゃまが……」

明彦の顔は、微笑んでいるようにも見えるが、形ばかりの笑顔の下で、『クソババア』とでも思っていそうな雰囲気だ。

和輝がさらに、明彦に訴えた。

「チャラチャラしたゲイノウカイにもどったら、すぐコイビトができて、ボクがジャマになるから、おいていったんだ……って、おじいちゃまもいってたよ。こないだ、ママがきたときも、おいていかれた。ママがボクのこと、いらなくなったショウコだ。きっともう、ボクにあいにこないって……」

無理やり子供を奪った挙《あ》げ句《く》、恭子には『二度と会いに来るな』と言っておきながら、何も知らない六歳児には、こんなデタラメを吹き込むなんて――ひどすぎる。

そんな仕打ちを受けてもなお、恭子は和輝の前で、小早川夫妻の企《たくら》みを暴き立てるような真似はしない。それが恭子の人柄でもあるのだろうが――すべては小早川夫妻の養子となった和輝のため。

自分が愛情を注《そそ》いでやれないぶん、養い親となった祖父母に愛される存在であってほしいと願って。和輝が祖父母に不信感や反感を抱かないよう、事実をオブラートに包んで、ただ『愛している』という気持ちだけを伝えたのだ。

恭子の気持ちを考えると、『なんてひどい人たちだろう』と思っても、それを口にすることはできない。

功一は、黙ってなりゆきを見守っていた。

小早川夫妻の呆れた所業《しょぎょう》に言葉を失くしていた明彦が、優しい声で和輝に言う。

「……どうやら、おじいちゃまも、おばあちゃまも、いろいろ誤解しているようだね。でも大丈夫。おじさんが、誤解を解いてあげるよ。ちょっとお話してくるから、その間、おじさんの息子と遊んでやってくれないか？」

明彦は普段の穏やかな顔に戻って光彦を呼び寄せ、和輝の正面に立たせた。

「おじさんの息子、大沢光彦だ。なかよくしてやってくれ」

そして今度は、大人二人に指示する。

「ちょっと込み入った話をしてくるから、少し時間がかかるかもしれない。子供たちがお腹を空《す》かせているようなら、近くの公園にでも移動して、お弁当を食べていてくれ。小早川夫妻と話がつき次第、功一くんの携帯に電話するよ」

明彦はそう言い残して、神社から立ち去った。

明彦を見送った光彦は、ニッコリ笑顔で和輝に挨拶する。

「こんにちは。はじめまして。おおさわみつひこです。パパは『みつひこ』ってよぶけど、みんな『みーくん』ってよんでるよ」

光彦と違って、和輝はちょっぴり人見知りさんだ。警戒しているような顔で、光彦を観察している。

「……こばやかわ、かずき」

小さな声で、ニコリともせず名前だけ告げた和輝くんの愛想のなさを、光彦はまったく気にしていない。

「カズキくんのママ、むかしユーメイなジョユウさんだったんでしょう？　すごいねー。みーくんのママは、えほんサッカなの♪」

和輝くんは、『おや？』という顔をして、急に態度を軟化《なんか》させた。

「みーくん、ちゃんとママがいるんだ……。ボク、みーくんのパパが、ママのサイコンあ

しい。

いてかとおもった……」

どうやら和輝は、『ママを取られるんじゃないか』と心配して、光彦を警戒していたら

「みーくんのママ、ここにいるよ～♡」

光彦は甘えるように功一に抱きついてきた。

和輝はちょっと驚いたようだ。

「おねーさん、みーくんのママだったんだ……。ボク、みーくんのおねーさんかとおもっちゃった」

驚いたのはそこかと、功一は苦笑せずにはいられない。

「初めまして。みーくんママの、松村功一です」

すると和輝は「あっ！」と叫んだ。

「えほんサッカの、まつむらこういちセンセー？　ボク、センセーのえほん、にさつもってる！　ママがかってくれた！」

どうやら恭子が功一の絵本を買ってくれたのは、和輝のためらしい。

光彦は無邪気に笑って和輝に言う。

「カズキくんのママ、みーくんのママのファンなんだって。みーくんのようちえんにも、

みーくんのママのファンがいっぱいいるよ。みんながよろこぶえほんをかいてる、ジマンのママなの！」

　自慢のママだなんて言われると照れ臭いが、ずっと光彦が胸を張って誇《ほこ》れるような存在でいたいと、功一は思っている。

　たぶん恭子が、『過去は振り返らずに、前だけ向いて歩いていこう』と決めたのは、和輝を残して婚家を出た以上、なんとしてでも仕事で成功して、自分の生き様を息子に見せてやろうと思ったからではないだろうか？

　母としては、何もしてやれなくなったが、せめて女優としては、息子に「すごい」と認めてほしい。

　そう思っているであろう、恭子の気持ちを察したわけではあるまいが――光彦が和輝に言う。

「カズキくんのママも、むかしはいっぱいファンがいたんでしょう？　またジョユウさんしたら、おおぜいのひとがよろこんでくれるね！　カズキくんも、ママのこと、ジマンできるよ！」

　幼い二人をじっと見つめる恭子の瞳は、キラキラと濡れたように光っていた。

3. 大人の事情

明彦は足早に神社を出たあと、まず近くの家電量販店へ向かった。

交渉相手と「言った」「言わない」の水掛け論を回避《かいひ》するには、証拠を残しておくのが一番だ。

相手に気づかれないよう、ボイスレコーダーをポケットの中に隠し持って録音すると、声がこもったり、ノイズが入ったりして、聞き取りにくいかもしれない。一発勝負の賭けになるので、なるべく鮮明に会話が拾えるようピンマイクも購入した。

録音機材を目立たないよう装着し、準備万端整えてから、小早川邸へ向かう。

さっきは小早川氏に『未成年者略取誘拐罪で訴えてやる』と捨てゼリフを残してきたが、今は少し気が変わっている。

事を荒立てるより、小早川夫妻に子供を誘拐された立場を利用して——と言えば聞こえが悪いが、唯一対抗できそうな切り札を持っている自分が、恭子と和輝の力になってあげられないだろうか？

恭子は、和輝を小早川家の跡取りとして、小早川夫妻が養育することは承知していた。

問題は、小早川夫妻が和輝を囲い込み、恭子と会わせようとしないこと。

そして、実の母親から引き離すため、和輝にあることないこと吹き込んでいることだ。

この問題を解決できるなら、誘拐事件などなかったことにしてもいい。


小早川邸の門前に着いた明彦は、インターホンを押して反応を待った。

センサーカメラで来訪者を確認した小早川氏が、苛立《いらだ》った様子で外へ出てきて言う。

「ここへ戻って来たということは、和輝を見つけたんだな!?　和輝はどこだ!?」

「落ち着いてください、小早川さん。立ち話もなんですから、中へ入れていただけませんか？　あなただって、いつまでも門前で、外聞の悪い話を続けたくないでしょう？」

小早川氏は「くっ」と呻いて、「中へ入れ」と明彦を促した。

リビングに案内され、ソファを勧められた明彦は、小早川夫妻と向き合うように腰を下ろして言う。

「小早川さんご夫妻は、和輝くんを探しに行かなかったんですか？」

小早川氏はふてぶてしい態度で吐き捨てた。

「心当たりはすべて探した。今は別の業者に捜索を依頼するため、連絡待ちで自宅待機中だ。そっちは和輝を見つけたのか。どうなんだ？」

明彦は、静かだが、厳しい口調で告げる。

「野良猫と一緒にいるところを、見つけて保護しましたよ。今はうちの息子となかよく遊んでいます。本来なら、すぐにこちらへお連れするところですが――子供に聞かせたくない話がしたいので、とりあえず、僕一人で伺ったんです。まずは、僕の息子を誘拐した件について、きちんと話し合いましょう」

すると小早川氏は、またしても言い逃れを口にした。

「それはさっきも言った通り、和輝の捜索を依頼していた便利屋が、お宅の子供を和輝と間違えて、勝手に連れて来たんだ！」

「小早川さん。あなたはそうおっしゃいますが、いったいどのような指示を出したら、そういう仕事の専門業者が、独断で、まったくの別人を強引に攫ったりするんです？　和輝くんの顔写真や服装などの特徴は、依頼した便利屋に知らせなかったんですか？」

明彦の問いに、小早川氏は同じ言い訳を繰り返すばかりだ。

「それは……メールで写真を送る前に、便利屋が勝手に……」

「……おかしいですね。僕は若い頃、便利屋のアルバイトもやりましたけど。普通、行方不明者を発見した場合、依頼人に本人かどうか確認してもらうでしょう。連れ戻しはその後、依頼人がやることです。あなた方が、間違いなく和輝くんだと認めて指示を出さなければ、勝手に動くはずがない。下手をすれば警察沙汰だ。なのに、彼らはどうして、うちの光彦を和輝くんだと思い込んで、攫っていったんですか？」

　明彦が突っ込むと、小早川夫人が横から口を挟んだ。

「それらしい年頃の男の子が、聡子さんと手をつないで家から出てきたのを見て、勝手に勘違いして攫ってきたんじゃないの？」

「なるほど。では、なぜ和輝くんの捜索依頼を受けた便利屋が、朝倉恭子さん――いえ、本名は、二宮聡子さんでしたね。二宮さんのお宅を見張っていたんですか？　光彦を攫っていった車は、約束した時間に二宮さんのお宅を訪ねたとき、家の近くに停まっていた。特徴のある車だったので、はっきりと覚えています」

　明彦がそう指摘すると、小早川氏が視線をさまよわせながら答えた。

「それは……普通どこを探しても見つからなければ、『母親のところへ行ったんじゃないか』と疑うだろう。車で十分くらいの距離だ。一時間くらい歩けば着く。ちょっと遠いが、幼稚園児でも歩いて行けない距離じゃない」

「つまり、和輝くんが、自分の足で歩いていったと考えて、家の前を見張っていたと？」

「……そうだ」

「だったらどうして、彼らは和輝くんが行方不明になったことを、実の母親である二宮さんに知らせず、いきなり子供を攫ったんです？　声をかければよかったのに。ずいぶん乱暴すぎやしませんか？」

「知らん！　全部便利屋が勝手にやったことだ！」

あくまでもシラを切り通すつもりらしい。このまま押し問答を続けても埒《らち》が明かないので、そろそろ逃げ道を塞いでやることにした。

「二宮さんがこちらに電話したとき、小早川さんは、『和輝を勝手に連れ去っただろう。今度こんなマネをしたら、誘拐罪で訴えてやる』と、怒鳴って電話を切ったそうですね。だから僕たちは、光彦を攫ったのはあなた方だと当たりをつけて、こちらへ伺ったんです。案の定、光彦は怯えて泣きながら、この家の玄関から出てきた」

そこを指摘すると、小早川夫妻もさすがに反論できず黙り込む。

「どうして二宮さんが、和輝くんを攫ったと思われたんですか？」

「それは……聡子さんが、小早川家へ養子に出した和輝を、『やっぱり成人するまで自分で育てたい』なんて言い出したから……」

小早川夫人の言葉を、明彦が念を押すように確認する。

「亡くなった息子さんの三回忌法要で、二宮さんが小早川さんのお宅へ伺ったとき、養子に出した和輝くんを、『やっぱり返してほしい』と申し出たわけですね？」

「そうよ！　自分の勝手で、和輝を残して出て行ったくせに、図々《ずうずう》しい！」

「お察しします。そんなことがあったら、二宮さんが和輝くんを勝手に連れ出したと思い込んでもしょうがない」

まるで同情するような明彦の言葉に、小早川夫人は我が意を得たりとばかりに調子づく。

「そうよ。あなただって、そう思うでしょう⁉」

「ええ。和輝くんを勝手に連れ出した実の母親が、同じ年頃の子供を連れていれば、僕だって、和輝くんだと勘違いすると思います」

「それが普通の反応よ」

明彦はまた、言い方を変えて確認する。

「ご説明いただいて、納得できました。うちの息子が攫われたのは、便利屋業者の先入観や思い込みによる間違いだった——つまり、『二宮さんが和輝くんを勝手に連れ出した』と思い込んだ小早川さんご夫妻が、便利屋にそう告げていたために起こった人違いですね？」

「え……ええっ？」

小早川夫人は、ようやく明彦の質問の意図《いと》に気づいてうろたえた。

「勝手なこと言わないで！　私はそんなこと言ってないわ！」

明彦は苦笑混じりに非難する。

「勝手に――というのは、小早川さんご夫妻の口癖《くちぐせ》ですか？　奥様は先ほど、小早川家の養子である和輝くんを、実の母親である二宮さんが、『やっぱり成人するまで自分で育てたい』と言い出した――とおっしゃいましたが。ご主人は和輝くんに、『チャラチャラした芸能界に戻ったら、ママにはすぐ恋人ができて、和輝くんが邪魔になるから置いていった。三回忌のとき置き去りにされたのも、和輝くんがいらなくなった証拠だ。きっともう、ママは会いにこない』と言ったそうですよ。これも和輝くんが、勝手に口にしたデタラメだと？」

小早川氏は顔を赤くして、後ろめたさを誤魔化すように怒鳴り散らす。

「うるさい！　これはデタラメじゃなくて、方便《ほうべん》だ！　私は和輝のためを思って、和輝が早く実の母親を忘れられるように、そう言ったんだっ！」

明彦も、小早川氏を燃える眼でカッと睨んで、怒号を上げた。

「ふざけるな！　それのどこが和輝くんのためだ！」

そして今度は、小早川夫人に視線を移して言う。

「奥様も、和輝くんに、『ママは和輝くんより仕事のほうが大切だから、女優の仕事をす

るために、和輝くんを捨てた。和輝くんがいらなくなったから、置いていった』と言ったそうですね」

小早川夫人は開き直った様子で、堂々と胸を張って肯定する。

「ええ。だって、それが事実だもの」

「二宮さんがそう言ったんですか？」

「言わなくても解るわ。和輝が大事なら、和輝を残して出て行けるわけないもの」

明彦は、泣きたいほどの怒りに震えて叫んだ。

「あなたに、彼女がどんな気持ちで和輝くんを置いていったか、解るものか！　仮にもし、彼女がそう言ったとしても、『いらなくなった』なんて、子供に言っていい言葉じゃない！　いらない子だと言われた子供が、どれほど傷つくか、よく考えてみてください！　他人に言われても傷つくのに、誰よりも信頼していた母親が、そんなことを言っていたなんて聞かされたら……一生心に傷が残ってしまうんですよ！」

いらない子供と言われる気持ちが、明彦には痛いほどよく解る。

十一歳の誕生日――交通事故で両親を亡くした明彦のもとへ、会ったこともないような親戚たちが、『明彦を引き取って後見人になる』と言って集まってきた。

しかし、遺言《ゆいごん》によって財産管理をする弁護士が指定され、遺産を自分たちの思い通りにできないと解ると、今度は全員が『引き取りたくない』と言って、押しつけ合いを始めたのだ。

独りぼっちになった明彦に、優しい言葉をかけてくれた大人たちが、実はみんな遺産横《おう》領《りょう》目的のハイエナだったと知って――明彦は愕然とした。

どこへも行き場がなくなったとき、父の友人が『里親になる』と申し出てくれなかったら、きっと人間不信になっていただろう。

「そもそも和輝くんが行方不明になったのは、そうやってあなた方が、子供の心を傷つけたからじゃないですか！　『自分はいらない子だ』と思って泣いていた和輝くんを、二宮さんがなんと言って宥めたか解りますか？　『ママは和輝が一番大切よ。誰よりも愛してる。連れて行けるものなら、和輝も連れて行きたかったけど、和輝はママだけの子供じゃない。ママが和輝を大切に思うのと同じくらい、おじいちゃまも、おばあちゃまも、和輝のことを、とても愛しているの。だからママの我儘で、一緒に連れて行くことができなかっただけ……』そう言って強く抱きしめて、傷ついた和輝くんの心を救ったんだ！」

明彦の目から涙がこぼれた。

小早川夫妻は、赤の他人に同情して泣く、明彦の気持ちが理解できないようだ。

「……なんなの、あなた。もしかして……聡子さんの新しいお相手？　だから聡子さんは、あなたの子供と手をつないで歩いていたのね？」

「……なるほど、そうか。まったく。うちを出て行ったと思ったら、もう次の男がいるなんて……さすが、真面目《まじめ》なうちの息子を誑《たぶら》かした女だ。『女優の仕事がしたい』というのは口実で、本当は、新しい男を作りたかっただけなんだろう。和輝を引き取りたいというのも、ゴネて手切れ金をふんだくろうって魂胆《こんたん》じゃないのか？」

　それを聞いて、呆れてしまった。

「……あなた方は、どこまで二宮さんを侮辱《ぶじょく》すれば気がすむんです？　二宮さんは、あなた方が和輝くんにデタラメを言って、自分が悪者にされていると知っても、決してあなた方を悪く言ったりしませんでしたよ」

　小早川氏は逆上して、とんでもない言いがかりをつけてくる。

「うるさい！　何が侮辱だ！　お前も聡子とグルになって、慰謝料目当てで、息子が誘拐されたと騒いでいるんだろう！」

「人の息子を攫っておいて、謝るどころか、慰謝料目的のゆすり扱いですか？　二宮さんが、この家を出たくなった気持ちがよく判ります。こんなふうに、難癖をつけて責め立てられたら、心が参ってしまう」

「なんだとぉ～！　それじゃあ我々が、聡子をイビリ出したみたいじゃないか！」

「僕はそこまで言ってませんよ。ただ、小早川さんご夫妻が、あんまり二宮さんを嫌っていらっしゃるご様子だから、旦那さんが亡くなったあとは、さぞこの家に居づらかっただろうと思っただけです」

明彦は居住まいをただし、務めて冷静な声で訴えた。

「二宮さんが和輝くんを置いていくことにしたのは、一人息子を亡くされたあなた方の心情を思いやってのことです。あなた方が、和輝くんを愛していると信じたから、和輝くんの養育を任せることに同意したのに――これ以上、彼女の信頼を裏切るようなマネはしないでいただけませんか？」

小早川夫妻は、ムッとした顔で明彦を見て言う。

「我々が、何を裏切ったと言うんだ!?」

「おかしな言いがかりをつけないでちょうだい！」

「言いがかりじゃないでしょう。二宮さんは、養子縁組すると、養い親に親権が移ることを知らなかったんです。和輝くんとあなた方の養子縁組を代諾《だいだく》したとき、あなた方は、『養子縁組しても、親子関係は切れない。親が二組に増えるだけだ』と説得したそうですね？」

明彦が痛いところを突くと、開き直って肯定した。

「それがどうしたの!?　そんなことも知らないほうが悪いのよ！」

「親が二組に増えるというのは、嘘じゃないぞ。相続権と扶養義務は、実の親との間にもある。それに私は、『ともに暮らす私たちが、和輝が相続した財産を管理し、和輝の代理人として行動するために、必要な手続きだ』と、ちゃんと教えてやっている！」

「大人の方便だ。和輝くんが今の話を聞いたら、どう思うでしょうね」

ため息交じりにボツリと漏らした明彦の呟きに、小早川夫妻は動揺して叫んだ。

「あなた……まさかこのことを、和輝に話すつもりなの⁉」

「話したところで、証拠はないぞ！」

「証拠ならありますよ。ここに……」

明彦は隠し持っていたボイスレコーダーを二人に見せた。

「まさか……今の会話、全部録音していたのか⁉」

「それを和輝に聞かせると……⁉」

慌てふためく小早川夫妻の臆測《おくそく》を、明彦は不敵に笑って否定する。

「これは、和輝くんに聞かせるために録音したわけじゃありません。わざわざそんなことをしなくても、ちゃんと周りを見ていれば、いずれ大人の事情を察するときが来るでしょうから」

和輝を強く抱きしめて、『みんながあなたを愛しているから、置いていかざるを得なかった』と泣きながら告げた母と、母の悪口ばかり吹き込む身勝手な祖父母。どちらが本当に自分を思ってくれているのか――真心はきっと伝わるはずだ。

「会話を録音しておいたのは、今日の会話を、裁判所に証拠として提出するためです。二宮さんが和輝くんを連れ出したと決めつけて、うちの息子を誘拐した挙げ句、謝るどころか、慰謝料目当てのゆすり屋扱いした件。しっかり録《と》らせていただきました。後日改めて、弁護士を連れて伺うということで――今日のところは、これで失礼します」

明彦は話し合いの席を立ち、最後に言い添えた。

「和輝くんは、のちほどお連れしますよ。一時間ほどかかると思いますが、僕が責任持って、間違いなくこちらへお返ししますから。ご安心ください」

小早川夫妻は不服そうな顔をしたが、和輝が今どこにいるか解らないので、さすがに『すぐ連れて来い』とは言えなかったようだ。

小早川邸を出た明彦は、神社へ向かって歩きながら、ボイスレコーダーの録音状況をザッと確認した。

大丈夫。ちゃんと三人の声を拾っている。

安心してボイスレコーダーをしまい、功一の携帯に電話をかけると、ワンコールでつながった。

よほど心配していたらしく、功一は電話を受けるなり、前置きもなく明彦に問う。

『明彦さん！　話し合い、どうなりました？』

「うん。示談《じだん》になるか、裁判になるかは向こうの出方次第だけど、今日の話し合いの内容は、ボイスレコーダーに録音してある。朝倉さんの意向を確認してから、後日改めて弁護士を立てて交渉するつもりだ。そっちは今、どこにいる？」

『まだ神社です。気になって落ち着かないから、どこへも行ってません』

「じゃあ、神社のそばまで行くから、下りてきてくれないか？」

『解りました。これから下りて、参道の入口付近で待ってます』

明彦は電話を切って、走って待ち合わせ場所へ向かった。

◇　◆　◇

明彦から連絡を受けた功一は、じっと子供たちを眺めていた恭子に言う。

「参道入口で、明彦さんと合流することになりました。移動しましょう」

子供たちは、拝殿《はいでん》の裏手で野良猫を構って遊んでいる。

「おいで、みーくん。パパとの待ち合わせ場所へ行くよ。和輝くんも、ママと一緒に下へ行こう」

二人は名残惜《お》しげに猫と別れの挨拶をして、ようやく腰を上げた。

功一は光彦と、恭子は和輝と手をつないで、神社の急な石段をゆっくり下りていく。

参道入口に着いたところで、こちらへ走ってくる明彦が見えた。

「明彦さ～ん！」

手を振ると、向こうも手を振り返しながら、スピードを上げて駆け寄ってくる。

「ごめん。待たせたね。一時間後に和輝くんを送り届ける約束になっているから、近くの公園で、五人でピクニックしよう」

それを聞いた光彦が、嬉しそうにはしゃいだ。

「うわぁい！　カズキくん。みーくんのママ、キャラべんつくってくれたんだよ！　いっしょにたべようね！」

恭子も嬉しそうに言う。

「ママもパウンドケーキを焼いて来たのよ。和輝、大好きでしょう?」

和輝は甘えるように恭子の腕にしがみつき、はにかむように笑って頷く。

公園に移動し、お弁当を広げると、子供たちが大喜びで歓声をあげる。

「わあっ！　ノワールだ！」

「すごーい！　みーくんのママのおべんとう、えほんみたい！」

光彦は得意げに和輝に言う。

「これ、いま、みーくんのママがかいてる、『ボクはクロネコ』っていうえほんのキャラべんだよ！」

そこまで言って、ハッとした顔で功一を見て口を押さえた。

「えほんがでるまで、ナイショだったのに……いっちゃった……」

功一は苦笑しながら、「大丈夫だよ」と言ってやる。

「俺も絵本のキャラクターでキャラ弁作っちゃったし。お話の内容だけヒミツにしてくればいいよ。でも、ほかのみんなには、まだナイショにしといてね」

「うんっ。わかった！　だれにもいわない。みーくん、ぜったいヒミツまもるよ」

さっき口を滑らしたばかりの幼児が、本当に秘密にできるか心配だが——信じるしかあるまい。

苦笑しながらその様子を眺めていた恭子が、デジカメを取り出して言う。

「これ、写真を撮ってもいいかしら？　本が出るまで、誰にも見せないから……」

「いいですよ。俺も写真撮って、あとでブログにアップしよう」

記念写真を撮るつもりで持って来たデジカメで、功一もキャラ弁の写真を撮った。

アップとロングで数枚写真を撮影して、恭子がため息混じりに呟く。

「それにしても、本当にすごいわね……。お弁当で実写絵本とか、作れそうな感じ」

「あ……それ、おもしろいかも。コマつながりにできそうなお弁当を作って、その写真を加工したウェブ絵本をアップしてみようかな」

するとと光彦が、期待に満ちた顔をする。

「えほんになるおべんとーをつくってもらえるの、きっとみーくんだけだね！」

和輝が羨《うらや》ましそうな顔をしたのに気づいた恭子が、サッとランチバスケットを広げて見せた。

「私には、こんなすごいお弁当、作れそうにないけど――お菓子作りは得意なのよ。ねっ、和輝」

「うんっ！　ママがつくるケーキ、おみせのよりおいしい！　パウンドケーキ、たべていい？」

「いいわよ。たくさん作って来たから、いっぱい食べて」

キャラ弁も喜んでいたが、和輝はやっぱり、ママの手作りお菓子が一番いいらしい。

お弁当を食べ終わると、まるで赤ちゃん返りしているみたいに、和輝がママにベッタリ甘え始めた。

「ママー♡」

抱っこをせがんで膝に乗ってきた和輝を、恭子が微笑ましげに見つめて言う。

「あらあら、どうしたの？　急に甘えんぼさんになっちゃって」

「……ママ、カズキのこと、すき？」

「ええ。大好きよ。和輝が世界中でいっちばん～ん大好き♡」

「カズキも！　ママがいっちばん～んだいすき！」

それを見ていたら、羨ましくなったんだろう。光彦も功一の膝に乗り、じっと功一の目を見て尋ねた。

「ママも、みーくんが、いっちばん～んだいすき？」

「うん。みーくんが、いっちばん～ん大好きだよ」

功一にとって光彦は、愛する人の血を引いた、この世で一番大好きな子供だ。

大事な人と過ごす時間は、あっという間に過ぎていく。

明彦がチラと時計を見て、申し訳なさそうに言う。

「そろそろ和輝くんを送っていく時間です」

恭子は淋しそうな顔をしたが、「じゃあ、行きましょうか」と腰を上げた。

でも、和輝は泣きそうな顔で訴える。

「ヤダ！　ボク、ママといる！　おうちには、かえりたくない……！」

恭子だって、できるものならこのまま連れて帰りたいだろう。

でも、親権も監護権も持たない親は、それを持つ親に反対されたら、どうしてやることもできないのだ。

「おじいちゃまとおばあちゃまが心配しているから、帰りましょう」

「ヤダ！　おじいちゃまも、おばぁちゃまも、ウソツキだもん！　ママはぜんぜんかわってない！　やっぱりカズキのママだった！　カズキのこと、せかいじゅうでいちばんだいすきなら、つれていってよ！　ママ……！」

ついに泣きじゃくり始めた和輝に、恭子は何も言ってやれず、途方に暮れている。

代わりに明彦が、和輝と同じ目線になるよう腰を屈め、じっと瞳を見て静かに語りかけた。

「ママを困らせちゃダメだよ、和輝くん。大人には、『大人の事情』というものがある。ママだって、本当はずっと和輝くんと一緒にいたいと思っているけど、このまま和輝くんを連れて行ったら、とても困ったことになる。二度と和輝くんに会えなくなるかもしれない。だから、必死で我慢しているんだ」

二度と会えなくなるかもしれない――そう聞かされて、和輝は不安げな顔をする。

明彦は穏やかな声で説得を続けた。

「今日は、一時間経ったら、和輝くんを送り返すと約束した。約束は守らなきゃいけない。でも、そのうちまた、おじさんがママを連れてきてあげる。約束するから、笑顔でサヨナラしよう」

和輝は俯《うつむ》き、黙って考え込んでいる。

信じてもいいんだろうか？

この大人は、嘘をついたりしないだろうか？

そんなふうに、迷い悩んでいるようだ。

「和輝くんは、男の子だろう？　パパがいなくなって、パパの代わりにママを守ってあげられるのは、もう君しかいないんだ。ママのために、今の君ができることは、いつも素直ないい子でいること。そして、ママを信じて待つことだ。たとえ会えなくても、ママはいつでも君のことを考えてる。世界中で一番大事に思っているんだ。それを忘れず、いつも笑顔でいてくれることが、ママにとって、何よりの支えになるんだよ」

和輝は顔を上げ、明彦をじっと見つめ返して、恭子に視線を移す。

恭子はずっと、心配そうな眼差しで和輝を見守っている。

和輝は心を決めた様子で恭子に言う。

「ママ……。ボク、はやくおおきくなって、いつかママをむかえにいく。はやくパパみたいに、ママをまもってあげられるようになるから……。そのときは、ボクのところへ、かえってきてくれる？」

幼いながら、和輝は恭子が小早川家を出た理由を察しているのだろう。

日常的に祖父母が母を悪く言い、そのたびに母が悲しい顔をしていれば、気づかずにいるわけがない。

「和輝……！」

恭子は和輝をしっかりと抱きしめた。

「待ってるわ。和輝が大人になる日を、待ってる……」

たとえ養父母となった祖父母が母子を引き離しても、大人になれば、和輝の意思で自分の行動を決められる。それまでの辛抱《しんぼう》だ。

「行こう、和輝くん。送っていくよ」

明彦は光彦の手を、恭子は和輝の手を引いて、公園から小早川邸へ向かった。

小早川邸では、小早川夫妻が、門の前で今か今かと和輝の帰りを待ち侘《わ》びていた。

和輝の姿を見つけると、二人ともパッと笑顔で駆け寄ってくる。

「和輝……！　いったいどこへ行ってたんだ？　心配したんだぞ」

「黙っていなくなっちゃダメでしょう。今度からは、必ずおじいちゃまかおばあちゃまに、どこへいくか教えてちょうだい」

二人とも、今までとは別人のような猫撫《な》で声だ。

小早川夫妻は冷たい視線で恭子を一瞥《いちべつ》し、恭子の手から奪い取るように和輝を引き寄せた。

「さあ、おうちに帰りましょう。お腹空いてるんじゃない？　おばあちゃまが、何か美味しいものを作ってあげましょうね」

小早川夫人は、まるで囲い込むように和輝を家の中へ連れて行き、小早川氏が恭子に鋭い視線を向けて言う。

「二度とここへは来るなと言ったはずだ。お前はもう、うちの嫁じゃないんだからな！」

明彦は恭子を庇うように、二人の間に割って入った。

「そういうわけにはいきません。僕の息子が攫われたとき、彼女は一番現場近くにいた当事者だ。あなた方に和輝くんを攫ったと疑われ、侮辱を受けた上に、手をつないで歩いていたよその子供を、自分の子供と間違えて攫われたんです。とても恐い思いをしたと同時に、信用を傷つけられた。彼女にだって言い分はあるでしょう。弁護士を交えた話し合いにも、来ていただくつもりですよ。近いうちに、またこちらへお邪魔します」

小早川氏にそう言ってから、和彦は功一と恭子を促し、光彦の手を引いて歩き出す。

駐車場に戻ると、明彦が恭子に尋ねた。

「これからどうします？　予定通り、我が家へ来ていただけますか？　それとも、今日はいろいろあったから、このまま帰られますか？」

恭子は疲れた顔で考え込み、呟くような答えを返す。

「……そうね。一人でゆっくり考えたいこともあるし……お邪魔するのは、また今度にするわ」

「じゃあ、今日はこのままお宅へお送りして、落ち着いた頃に連絡します」

4. 子供の希望

『ママを困らせちゃダメだよ、和輝くん。大人には、『大人の事情』というものがある。ママだって、本当はずっと和輝くんと一緒にいたいと思っているけど、このまま和輝くんを連れて行ったら、とても困ったことになる。二度と和輝くんに会えなくなるかもしれない。だから、必死で我慢しているんだ。今日は、一時間経ったら、和輝くんを送り返すと約束した。約束は守らなきゃいけない。でも、そのうちまた、おじさんがママを連れてきてあげる。約束するから、笑顔でサヨナラしよう』

みーくんのパパにそう言われたから、和輝は素直に自宅へ戻った。

門の前で待ち構えていたおじいちゃまとおばあちゃまが駆け寄ってきて、恐い顔でママを睨《にら》んで、和輝をママから引き離す。

ママは悲しい瞳でじっと和輝を見つめている。

その状況から、確信した。やっぱりママは、和輝を捨てて出て行ったんじゃない。おじいちゃまとおばあちゃまに追い出されたのだと。

おばあちゃまは和輝を家に連れて入ると、猫なで声で尋ねた。

「和輝ちゃん。お昼は、和輝ちゃんの大好きな、ハンバーグスパゲッティにしましょうか？」

「いらない」

キャラ弁とママのパウンドケーキを食べてきたばかりで、お腹は空いていないし。今はほかのものを食べて、口の中に残っている幸せなママの味を消したくない。

和輝がそっぽを向くと、おばあちゃまは和輝が顔を向けたほうに移動して、困った顔で問いかける。

「どうして？　お腹空いてないの？」

ここで『ママのパウンドケーキを食べてきた』と答えたら、また、ママの悪口を聞かされそうな気がした。

パパが生きていた頃は、もっと優しかったのに——パパがいなくなってからは、おじいちゃまも、おばあちゃまも、ママの悪口ばかり言う。

和輝が何か失敗したり、気に入らないことをしたりすると、みんなママのせいにするから、和輝はママが叱《しか》られないよう、いつもいい子でいなければならなかった。

ママのために、おじいちゃまとおばあちゃまの顔色をうかがって、いろんなことを我慢してきたけど――我慢したくないことや、我慢できないことだってある。

ママはちっとも悪くないのに、苛《いじ》めるなんて許せない！

おじいちゃまとおばあちゃまが、ママとなかよくできないなら、和輝はもちろんママを選ぶ。

いつか、もっと大きくなったら、必ずママを迎えに行くと心に決めた。

そのためにも、しっかりお勉強して、ママを守ってあげられる、賢《かしこ》い大人になりたい。

「ぼく、じぶんのおへやで、おべんきょうするから。ついてこないで」

「和輝ちゃん？　待って！　和輝ちゃん！」

おばあちゃまはお部屋の中までついてきたけど、今はおばあちゃまとお話したい気分じゃない。

無視して絵本を読むことにした。ママが買ってくれた、まつむらこういち先生が描いた、柴犬のタロの絵本だ。内容を覚えるくらい何度も読んでもらったから、もう一人でもスラスラ読める。

おばあさんが死んで、独りぼっちで泣き暮らしていたおじいさん。

言葉を伝えるすべを持たず、ただ、おじいさんのそばにいることしかできなかったタロ。

タロは死んでも、ずっとおじいさんを見守り続けた。

おじいさんが泣けば、タロも悲しんだ。

おじいさんが笑えば、タロも喜んだ。


絵本を読み返すたびに、涙があふれて止まらなくなる。

ママもきっとタロみたいに、和輝が泣けば悲しくなるんだろう。

だからもう、淋しくても泣かない。和輝は男の子だから。

パパがいなくなって、パパの代わりにママを守ってあげられるのは、もう和輝しかいないのだ。

みーくんのパパにそう言われて、確かにその通りだと思った。

今、和輝にできることは、いつも素直ないい子でいること。

そして、信じてママを待つこと。

たとえ会えなくても、ママはいつでも和輝のことを考えている。

世界中で一番大事に思ってくれている。

だから、今はつらくても、きっと報《むく》われる日がくると信じて、ママのために、明日からは笑顔でいようと思う。

◇　◆　◇

光彦が誘拐された翌日、明彦は、恭子に電話をかけた。

「大沢です。昨日はどうも。少しは落ち着かれましたか？」

恭子は微笑んでいるようなやわらかい声で言う。

『ええ。お気遣い、ありがとうございます。いろいろ巻き込んでごめんなさいね』

「いえ。光彦は無事でしたし。むしろ『新しいお友達ができた』と、喜んでいましたよ」

前置きの挨拶をすませたところで、本題を切り出した。

「実は昨日の件なんですが……一度弁護士を交えて、朝倉さんともお話したいんです。僕は小早川夫妻を告訴《こくそ》するつもりでしたが、今は条件つきの示談を望んでいます」

『条件つきの……示談？』

「ええ。僕は……朝倉さんの優しさの上で胡坐《あぐら》をかいて、六歳の子供に『親に捨てられた』などと吹き込み、子供の心を傷つけた彼らが許せません。彼らは祖父母で、あなたは実の母親だ。もとは家族じゃないですか。なのに、姻族関係終了届と復氏届を提出させ、孫との養子縁組を代諾させて、あなたを追い出した。挙げ句、『もううちの嫁じゃないから』と言って訪問を拒《こば》み、親権と監護権をふりかざして、子供と母親を引き離すなんて――やり方が汚すぎる」

話しているうち、次第に語気が荒くなってきた。冷静さを取り戻すため、明彦はここで一度深呼吸して話を続ける。

「あの人たちと話をしていて、激しい憤《いきどお》りを覚えました。でも、いくら腹立たしくても、その件に関しては、僕は部外者だ。どうすることもできない。けれど、和輝くんと約束したから……和輝くんが、自由にあなたと会えるようにしてあげたいんです。僕と一緒に、彼らと戦ってくれませんか？　和輝くんのために……」

恭子は覚悟を決めた様子で、はっきりと答えた。

「戦います。どうか、力を貸してください……！」


明彦は、電話で約束した日時に、弁護士を連れて二宮邸を訪れた。

玄関先で軽く挨拶を交わし、リビングに通されてから、恭子に弁護士を紹介する。

「こちら、神原正義《かんばらまさよし》先生です。父の会社の顧問弁護士だった方で、両親が亡くなってからは、未成年後見人として、僕の身上監護や財産管理をしてくれていました。信頼できる弁護士さんですよ」

　未成年後見人と聞いて、恭子は明彦が若くして両親を亡くしたことを察し、和輝に肩入れしている理由に思い至《いた》ったようだ。

　神原は名刺を渡して恭子に挨拶した。

「どうも。初めまして。神原正義です。私はかつて、朝倉恭子さんの大ファンだったんですよ。引退なさったときは、枕を濡らして泣きました。お会いできて光栄です」

　恭子は艶やかに微笑んで、挨拶を返す。

「初めまして。この度は、お世話になります。本名は、二宮聡子と申します。大ファンだった――なんて言っていただいて、こちらこそ光栄ですわ。たぶん来月辺り、喜んでいただけるニュースが報道されると思います。楽しみにしていてください」

「おや？　もしかして……カムバックされるとか？」

「それは……まだオフレコなんです」

　神原弁護士は談笑を切り上げ、居住《いず》まいを正して言う。

「さて、本題に入ります。ボイスレコーダーの会話と、明彦くんから聞いた話で事情は把《は》握《あく》しておりますが――二宮さんは、これからどうしたいとお考えですか？　養子縁組解消を求める裁判を起こして、お子さんを取り戻したいのか。それとも、養子縁組はそのままで、お子さんとの面接交渉権――つまり、お子さんに会う権利が認められればいいのか」

　恭子はためらいながら答えた。

「夫の両親次第です。和輝に小早川家を継がせることは、夫も望んでいたことですし。あの人たちから、唯一の生き甲斐《がい》となった和輝を取り上げるのは、可哀相な気もする……。でも！　私だって、和輝に会いたい！　それに……あの子を傷つけるようなことを言っているなら、このまま黙っていられません！」

　我が子に会いたい。我が子を守りたいという心情は、親なら当たり前のことだ。

「そうですね。では、和輝くんへの心理的虐待《ぎゃくたい》を理由に、養子縁組解消を求める裁判を起こす方向で話を進めて、小早川夫妻の出方によっては、和輝くんとの面接交渉権を明確に取り決め、示談にする――ということで、よろしいですか？」

「はい。よろしくお願いします」

　恭子との話がまとまり、明彦は弁護士とともに二宮邸をあとにした。


　小早川夫妻と話し合う前に、もうひとつやっておきたいことがある。小早川夫妻が和輝の捜索・連れ戻しを依頼した便利屋業者との話し合いだ。

光彦を連れ去った車のナンバーを覚えているから、適当に理由をつけて、陸運局で登録事項等証明書を交付してもらえば、所有者の住所氏名を調べられる。

個人経営の会社名義で登録されている車両だったので、光彦を攫った便利屋業者を割り出すのは簡単だった。

件《くだん》の便利屋は、社員四名しかいない、小さな有限会社だ。


明彦は神原弁護士とともに、便利屋を訪ねた。

小早川夫妻からの依頼を担当したのは、代表者と、男性社員一名。

話し合いの席に着くと、神原弁護士が話を切り出した。

「先日、あなた方は、二宮聡子さんという女性が連れていた六歳の男の子を、二宮さんから奪い取り、車で連れ去りましたね？」

すると代表者が、蒼い顔をして不安そうに答える。

「あれは……『二宮さんが、小早川家に養子に出した和輝くんを、親権者である小早川夫妻の目を盗んで勝手に連れ出した。二宮さんのお宅を見張って、和輝くんを見つけ次第、連れ戻すように』と言われたので……」

「でも、実際にあなた方が連れ去ったのは、大沢さんのお子さんです。和輝くんの写真などを、確認しなかったんですか?」

神原弁護士にそう指摘され、便利屋たちは必死で弁解した。

「あとで携帯に写真を送ると言われましたが、届かなかったんです。二宮さん宅を見張っていると、男性二人が、和輝くんと同じ年頃の男の子を連れてきて、二宮さんがその男の子と手をつないで家から出てきた。そう報告すると、小早川さんが、『男二人は二宮さんに雇われて、和輝くんを連れ去った実行犯だ。少々荒っぽいやり方でも構わないから、早く和輝くんを取り戻して連れて来い。警察沙汰にはしたくないから、民間業者に依頼したが、たとえ実の親でも、親権者の許可なく連れ去れば、れっきとした誘拐だ』と、すごい剣幕で怒り狂っていたものですから……まさか別人だとは思わなくて……」

「事情は判りましたが、明らかに、業務上の重大な過失《かしつ》を犯《おか》しています。大沢さんが訴えれば、言い逃れはできませんよ。略取誘拐罪は、親告罪——つまり、光彦くんの場合は未成年ですから、保護者である大沢さんが告訴するか、第三者が告発しなければ、公訴できない犯罪です。罪を問われるか否《いな》かは、大沢さんの気持ち次第ということです」

神原弁護士の言葉に、便利屋二人は震え上がって明彦に謝罪する。

「本当に、申し訳ありませんでした!　二度とこのようなことのないように、今後は十分注意します!　どうか穏便《おんびん》に……!」

明彦は静かな声で答えた。

「光彦は無事でしたし。悪意を持って誘拐したのではなく、間違えて連れ去られたわけですから、僕としても、事を荒立てたくはないんです。でも、小早川夫妻が、『便利屋が勝手に間違えて連れてきた』の一点張りで……謝罪するどころか、『言いがかりをつけてゆするつもりか』などと言い出す始末で。このまま誠意ある態度が見られないなら、告訴しようと考えています」

「告訴不可分の原則と言って、小早川夫妻を訴える場合、実際に光彦くんを攫ったあなた方にも、告訴の効力が及びます」

神原弁護士がそう付け加え、話し合いの幕を閉じて、便利屋業者をあとにする。

そして週末――明彦は神原弁護士同席で、恭子とともに、小早川邸へ赴《おもむ》いた。

小早川家のリビングに通され、神原弁護士が名刺を渡して挨拶したのち、交渉を始める。

「早速ですが、先日起こった事件について、話し合いに伺いました。小早川さんご夫妻が雇った便利屋業者が、大沢明彦さんのお子さん――光彦くんを連れ去った件です」

そこまで話したところで、小早川氏が強く反論した。

「私は『和輝を連れ戻せ』と命じただけで、よその子を連れて来いとは言っていません！　便利屋が間違えたんです！」

神原弁護士は、「落ち着いてください」と小早川氏を宥《なだ》めて話を続ける。

「仮にそうだとしても、告訴するなら、あなた方も、便利屋業者も同罪です。便利屋業者は、『二宮さんと一緒にいる、六歳の男の子を連れて来るよう指示された』と言っています。あなた方にも責任がないとは言えない。幸《さいわ》い光彦くんは無事でしたし。『人違いしていた』ということですから、大沢さんは、『誠意ある態度が感じられれば、示談にしてもいい』とおっしゃっているんです」

そこで小早川氏が、不遜《ふそん》な態度で言う。

「誠意ある態度？　要するに、慰謝料を払えばいいんでしょう？　いくらを払えば気がすむんです？」

明彦は憤《いきどお》りの声を上げた。

「なんでも金で解決できると思ったら、大間違いだ！　僕はあなた方から、一円たりとも受け取るつもりはありません！　望みは二つ。心からの謝罪と、二度とこんなことが起きないようにするための誓約《せいやく》。それだけです！」

恭子も小早川夫妻に言う。

「関係ない大沢さん親子を巻き込んだのは、私が和輝を養子に出したとき、ちゃんと面接交渉権を取り決めておかなかったのが原因です。それをはっきりさせて、示談にするか。それとも、養子縁組解消を求める裁判を起こすか――。私は戦う覚悟を決めました。選ぶのはあなた方です」

◇　◆　◇

今日は幼稚園がお休みだ。

休みの日は、いつもはおばあちゃまが、うるさいくらい和輝を構うのに――なぜか今日は様子が違う。

「和輝ちゃん。森田《もりた》さんと一緒に、公園へ遊びに行ってらっしゃい」

森田さんは、ときどき家をお掃除しにくるおばちゃんだ。

「行きましょう、和輝ちゃん」

公園へ向かっていると、白い車とすれ違い、和輝はハッと後ろを振り返る。

車を運転していたのは、みーくんのパパだ。隣に座っていたのは、知らないおじちゃんだったけど。後ろにもう一人乗っていた。

後ろの人の顔は見えなかったけど、たぶんシルエットからして、女の人。

ママかもしれない……！

それを確かめようと、和輝は走って自宅へ引き返す。

「あっ、待って！　和輝ちゃん！　どこ行くの⁉」

森田さんが追いかけてきた。

「公園に行きましょ。ねっ？」

森田さんは、和輝を家に帰らせたくないようだ。やっぱり何かある。

和輝は咄嗟《とっさ》に、誰もが慌てる言葉を口にした。

「おしっこ～！」

予想通り、森田さんは「ええっ⁉」と驚き、オロオロしている。

「もれちゃうよぉ～！　おうちかえるぅ～！」

和輝はそう叫んで、走っておうちの前へ戻ってきた。

お客さん用の駐車場に、さっきの車が止まっている。

中に入って、ママが来たのか確かめたい。

オートロックの通用口門扉を開く暗証番号は、大人が開けるのを見て覚えている。

玄関の鍵は、来客中だから開いていた。

和輝は家の中へ駆け込んでいく。行き先は、もちろんトイレではなく、応接間だ。ドアを開けると、やっぱりそこにママがいた。

「ママ！」

ママも嬉しい驚きの顔で「和輝！」と呼んだ。

◇　◆　◇

「どういうことなの、森田さん!?　和輝を公園に連れて行ってと頼んだでしょう！」

小早川夫人は、家政婦を叱《しか》り飛ばした。

「申し訳ありません、奥様！　和輝ちゃんが、急に「おしっこしたい」と言い出したものですから……」

二人の会話を聞いた和輝が、小早川夫人に食ってかかる。

「おばぁちゃま、ママがくるの、しってたから、ぼくをおそとにいかせたんだね!?　どうしてママとあわせてくれないの!?　おばぁちゃまも、おじいちゃまも、うそつきで、いじわるだ！　ぼく、いらないこどもじゃないよ！　ママはぼくをすててないもん！　カズキのこと、せかいじゅうで、いっちばんだいすきっていったもんっ！」

そこで神原弁護士が言う。

「どうやらこの様子だと、お孫さんに対する虐待は、本当にあったようですね」

するると、小早川夫妻が声を荒げて反論する。

「なんだと⁉　私たちは、孫に虐待なんかしとらんっ！」

「和輝は大事な小早川家の跡取りで、一人息子の忘れ形見《がたみ》なのよ！　可愛がりこそすれ、暴力をふるったりしないわ！」

神原弁護士は、小早川夫妻に、穏やかに語りかけた。

「虐待は、暴力だけとは限りません。身体的虐待、心理的虐待、性的虐待、経済的虐待、ネグレクト――つまり、養育放棄や無視など、いろいろな形があります。あなた方は和輝くんに、『ママに捨てられた』『いらない子』などと言って、和輝くんの人格形成に関わる心理的虐待を行なっている。それで傷ついた和輝くんが、黙って家を出て行ったから、あなた方は、『二宮さんが和輝くんを連れ去った』などと思い込んだのでしょう？」

恭子も強く主張した。

「私は、和輝を捨てた憶えはありません！　この家を出るとき、『連れて行きたい』と言いました！　でも、あなた方も和輝を必要としていたから、身を切る思いで託《たく》したんです！　私には生き甲斐にできる仕事もあるけど、あなた方には、もう和輝しかいない！　私がここへ会いに来ればいいと思って、連れて行くのを諦めたのに！　和輝と会わせてくれない上に、子供の心を傷つけるようなデタラメまで吹き込んで……！　今回ばかりは、私も黙って引き下がれません！」

　すると小早川氏も言い返す。

「だから裁判を起こすって？　一度養子に出した子供を、簡単に取り返せると思っているのか⁉」

「簡単じゃなくても、何年かかっても、親としての権利を取り戻します！」

「絶対に渡すもんですか！　和輝はうちの子よ！」

　実母と養父母、三人が口論を始め、当事者である和輝が叫んだ。

「ちがう！　ぼくは、ママのこだ！　ママとケンカするなら、おじいちゃまも、おばぁちゃまも、キライッ！　おおきくなったら、ぜったいママをむかえにいって、おじいちゃまとおばぁちゃまがいないところで、ママとふたりでくらすもんっ！」

　小早川夫妻は、和輝の言葉にギョッとした。

　神原弁護士が、事態を収拾するために割って入る。

「まあまあ、みなさん落ち着いて。裁判になった場合、どちらが勝って、どちらが負けるかは、やってみないと判りません。それに、ある程度大きくなれば、和輝くん自身の意思で行動するようになります、成人すれば、たとえ親でも、和輝くんの行動を制限することはできないんです。跡取りにするつもりでいても、ややこしい家族関係にうんざりして、結婚して婿養子に入るかもしれない。外国へ移住して、そのまま帰ってこなくなる可能性もないとは言えないでしょう。一番大事なのは、和輝くんの気持ちです。調停や裁判で争うより、お互いに譲り合って、なかよく信頼関係を築くほうが、和輝くんにとっても、あなた方にとっても、いい結果につながるんじゃないですか？」

さすがの小早川夫妻も、成人したのち、和輝に出て行かれる可能性を説かれると、何も言い返せないようだ。

神原弁護士は、そこで恭子に尋ねた。

「二宮さんは、和輝くんが小早川家を継ぐことに、同意されていたんですよね？」

恭子は「はい」と落ち着いた声で答える。

「もともと和輝は、小早川家の跡取りでしたし。夫の実家を継ぐことに、異存はありません。私の希望は、和輝と自由に連絡を取り合えること。自由に会いに行けること。そして、休みの日には和輝を連れて外出したり、私の家に泊めたりできること。和輝を傷つけるようなことを言わないこと。和輝の気持ちを大事にしてくれること。それだけです」

神原弁護士は、今度は小早川夫妻に話しかけた。

「小早川さん。あなた方は、二宮さんに和輝くんを会わせると、そのまま連れ去られてしまうのではないかと、疑心暗鬼《ぎしんあんき》に捕らわれているんでしょう？　だから、『実の母親である二宮さんが、和輝くんを捨てた』などと吹き込んだ。違いますか？」

小早川夫妻は顔を見合わせ、極《き》まり悪げに肯定する。

「……その通りです」

「和輝があんまり聡子さんを恋しがるから……二人を会わせたら、聡子さんに和輝を取られそうな気がして……」

神原弁護士は真摯な瞳を向け、小早川夫妻を説得した。

「そういった不安を解消するためにも、細かく面接交渉権を設定し、公正証書にしておきませんか？　それがあれば、問題発生の抑止力になるでしょうし。頭から、二宮さんを疑ってかかることもなくなるのでは？」

小早川夫妻は、どうしたものかと戸惑い、考え込んでいる。

明彦は彼らに言う。

「あなた方が二宮さんと和解できれば、僕も安心できます。二宮さんと和解して、謝罪してください。そうしてくれたら、今回のことは水に流しても構いません」

「大沢さんも、こう言っておられます。意地を張るより、謝罪されたほうがいいのではありませんか？」

和輝は円《つぶ》らな瞳で、もの言いたげに、じっと小早川夫妻を見つめている。穢《けが》れない瞳の中に何を見たのか、小早川氏は恥じ入るように和輝から目を逸《そ》らし、明彦に頭を下げた。

「……人違いで、子供を攫って悪かった。申し訳ない」

小早川夫人も夫に追従し、神妙に頭を下げる。

「……本当に、申し訳ありませんでした」

明彦は、ようやく表情を和《やわ》らげた。

「本当に反省しているなら、僕はあなた方を許します。だから、二宮さんを疑ったこと、和輝くんを傷つけたことを、ちゃんと本人たちに謝ってください」

一度頭を下げてしまえば、つまらない意地を張って、自分の立場を危《あや》うくするのがバカらしくなったのだろう。小早川夫妻は素直に恭子に謝った。

「……すまん、聡子さん。根拠もなく、『和輝を攫った』などと、疑って悪かった」

「……これからは、面接交渉権を認めて、約束通り、和輝と会わせるようにするわ」

もと舅・姑が態度を改めたので、恭子の憤りも少しは治まったようだ。

「お二人が和弘さんを愛したように、和輝のことも愛してくださっていることは、解っています。だから私は、お二人を信じて、和輝を託したんです。もう二度と、泣かせるようなことはしないでくださいね。和弘さんだって、悲しみますよ」

小早川夫妻は、泣きそうな目をして俯いた。

「本当に……いろいろ、すまなかった……。恐かったんだ。大事なものを失うのが……。しかし、すべてを望めば、すべてを失うかもしれない。弁護士さんの言う通り、お互いに譲り合って、なかよくしないと、和輝に嫌われてしまう……」

小早川氏はそう言って、最後に和輝に謝った。

「和輝の気持ちも考えず、ひどいことを言ってすまなかった。これからは、ママとも会わせるようにする。ママとなかよくするから、おじいちゃまを許してくれ」

小早川夫人も、必死で和輝に訴える。

「おばあちゃまも、もうママの悪口は言わないわ。だから和輝ちゃんも、『おじいちゃまも、おばあちゃまも、嫌い』なんて言わないで。大きくなっても、そばにいてちょうだい。おばあちゃま、和輝ちゃんだけが生き甲斐なの」

和輝はにっこり微笑んだ。

「ママとなかよくしてくれるなら、ぼく、おじいちゃまも、おばぁちゃまも、だいすきだよ。みんなだいすきだから……もう、ケンカしないでね。ヤクソクだよ」

小早川夫妻は、縋りつくように、幼い和輝を抱きしめた。

「それでは、今後どのようにするか、お互いが納得できるように考えましょう」

神原弁護士にそう言われて、小早川夫妻と恭子は、細かく面接交渉権を取り決めた。

面接頻度《ひんど》は、月二回。第二・第四金曜日の夕方から、日曜日の夕方まで、二泊三日の宿泊。春・夏・冬休み期間中は、二宮聡子と小早川和輝が希望した場合、相談の上、その日程の半分までは、宿泊を伴う面接に応じる。

誕生日やクリスマスなどの行事は、小早川邸で、合同で行なう。学校行事にも、二宮聡子が希望すれば参加できる。

面接場所は、二宮邸、小早川邸、商店、飲食店、公園や遊園地などのレジャー施設。

受け渡しは、二宮聡子か聡子の両親が車で送迎する。

中学校就学年齢に達してからは、小早川和輝が自分の意思で二宮聡子を訪ねた場合に限り、右記以外でも、宿泊を伴わない面接を許可する。

電話・メール・手紙・プレゼントなどの交流を許可する。

話し合いがまとまったところで暇を告げ、明彦は恭子と神原弁護士を車で送って、自宅へ戻った。

◇　◆　◇

和輝は嬉しくてたまらない。

これからは、ちゃんとママに会わせてもらえる。

ママの悪口を聞かずにすむ。

みーくんのパパが、弁護士さんを連れてきて、おじいちゃまとおばあちゃまを説得してくれたおかげだ。

本当は、できるものなら、和輝はママに帰って来てほしい。

この家で、四人でなかよく暮らせたら、それが一番嬉しいけど――ママが家を出て行く前に、こう言っていた。

『和輝はパパの子だから、おじいちゃまとおばあちゃまの家族だけど、ママはもともと、よそのおうちの家族なの。パパがいれば、ママもおじいちゃまとおばあちゃまの家族になれるけど――パパは天国へ行ってしまった。だからもう、みんな一緒には暮らせないのよ。ママは生まれ育ったおうちに帰らなくちゃいけない。だから和輝は、ママの代わりに、パパのおうちを守ってね。これは、和輝にしかできないことなの』

ママと別々に暮らすのはつらい。置いていかれたときは、とてもショックだった。悲しかった。淋しくて、泣かずにはいられなかった。

でも、ママが和輝をこの家に残していったのは、きっと、おじいちゃまとおばあちゃまが心配だったからだ。

『パパのおうちを守ってね』

そう言ったママの言葉の中には、『おじいちゃまとおばあちゃまを守ってあげて』っていう、ママの優しい気持ちが込められていたんだと思う。

大好きなママ。

ママは和輝を、世界中で一番愛してくれている。

和輝もママが大好きだから、ママが守ってほしいと言った、パパのおうちを守っていく。

そうしたら、きっとパパも、天国で喜んでくれるよね？

◇　◆　◇

功一と光彦は、明彦の帰宅を待っていた。

小早川夫妻との話し合いは、いったいどうなったんだろう？　恭子が納得できる形で面接交渉権を得られなければ、調停や裁判で争うと聞いている。でもそうなったら、きっとお互い嫌な思いをするに違いない。人事ながら心配だ。

「パパ、おそいねぇ……」

光彦も心配そうな顔をしている。詳しい事情は話していないが、自分が攫われたことや、恭子と和輝のことで、小早川夫妻と揉めていることは、光彦も気づいているだろう。

遅いと噂していた矢先に、明彦の帰宅を知らせる音が聞こえた。

光彦とともに出迎えた功一は、逸《はや》る心を抑えて微笑んだ。

「おかえりなさい、明彦さん」

「ただいま」

その晴れやかな笑顔で、功一は状況を察した。

「話し合い、上手くいったようですね」

「ああ。朝倉さんと和輝くん、自由に連絡を取って、少なくとも月二回は、二泊三日、朝倉さんの実家へ泊まりに行けることになった」

「よかった……」

功一はホッとため息をついて微笑み、光彦も無邪気に笑って言う。

「カズキくん、ママとあえるなら、もう、だいじょぶだよね？」

「ああ。和輝くんのおじいちゃんとおばあちゃんが、『これからは、ママとお互いに譲り合って、なかよくする』と約束してくれた。みんな、幸せになれるといいな」

「うんっ！」

みんなが笑顔でいられるのが一番だ。

功一は明るく二人に声をかけた。

「おやつにしませんか？　サツマイモのシフォンケーキを作ったんです」

すると光彦が、褒めてくれと言わんばかりに、明彦に言う。

「みーくんも、おてつだいしたんだよ！」

「そうか。偉《えら》いぞ」

明彦がそう言って頭を撫でてやると、光彦が嬉しそうに目を細める。

功一には、仲のいい父と子の姿に、恭子と和輝が重なって見えた。


今日が終わりを迎える頃、二人きりのリビングで、明彦が功一に言う。

「僕は朝倉さんと和輝くんを見ていて、君と出会った頃のことを思い出していた……。君と平井さんたちが助けてくれなかったら、僕もあんなふうに、光彦を泣かせていたかもしれない。感謝しているんだ。とても……」

　功一が照れ笑いを浮かべると、明彦は功一を抱き寄せ、正面から抱きしめた。

「……十一歳の誕生日に、両親が亡くなって……僕はずっと、自分だけ、毛色の違う黒猫だった……」

　功一の四作目の絵本、『ぼくは黒ネコ』の本文原稿を読んだ明彦は、黒猫ノワールと自分を重ねているようだ。

「温かい家庭に憧れていた。早く家族がほしかった。でも僕自身が、心のどこかで自分を異端者《いたんしゃ》だと思っていたから、言いたいことも言えずに不満を溜め込んで……最初の結婚生活は、あんな形で破綻《はたん》したんだと思う……」

　功一は明彦の体を抱き返し、宥めるように優しく背中を愛撫する。

「君がいてくれなければ、僕は自分の手の中にある幸せに気づくことなく、大事なものを手放していたかもしれない。君がいてくれてよかった……。君が幸せの魔法をかけてくれたから、僕も『誰かを幸せにする手助けがしたい』と思えるようになったんだ」

　功一は、優しい声で語りかけた。

「それは俺も同じですよ。あなたが幸せの魔法をかけてくれたから、俺はいつも幸せでいられる。だから、俺にしか描けない絵本を描いて、大勢の人にちょっとずつ、優しい気持ちを分けてあげられる……」

明彦は功一の頬にそっとキスして囁いた。

「愛してる……。君は僕を福猫にしてくれる、夜を守る神様だ。今夜は僕のベッドで、僕の安らかな眠りを守ってくれないか？」

また妙な口説き方をされて、功一は思わず笑ってしまう。

でも、明彦の安らかな眠りを守れるなら、夜を守る神様になってあげてもいい。

「黒猫さんが頑張ってくれたから、泣いていた母と子が笑顔になれた。そのご褒美《ほうび》をあげなきゃいけませんね」

功一の承諾に気づいた明彦が、嬉しそうに功一の顔を覗き込み、「行こう」と促した。

明彦の部屋へ移動して、二人並んでベッドに腰を下ろし、どちらからともなく、そっと口づける。

戯《たわむ》れるようなキスを繰り返し、目を合わせては微笑み合い、互いの気持ちを確かめ合う。

「愛してる」

想いを高める呪文のような囁きが、熱く心を震わせる。

キスの合間に互いの体を愛撫しながら衣服を脱がせ合い、アクアブルーのシーツの海に身を沈めた。

明彦の指が、唇が、触れた場所に、甘く痺《しび》れるような快感が走る。

「あ……明彦さん……っ！」

功一は明彦の体に縋りつき、官能に身を震わせた。

「愛してる……。君が愛しくて……たまらない……」

二人が一つにつながるために、明彦はゆっくり、丁寧に準備する。

そっと体の中に忍び込んできた明彦の指が淫らに蠢き、少しずつ質量を増していく。

功一は切なさに身悶《みもだ》えながら叫んだ。

「明彦さん……っ！　も……我慢、できな……っ！」

身も心も昂って、体の奥が熱く疼《うず》いてたまらない。

明彦自身で、熱に熔《と》かされた空隙を満たしてほしかった。

「僕も……もう我慢の限界だ……」

囁きながら、明彦が功一のそこに怒張《どちょう》を押し当て、ゆっくりと穿《うが》つ。

功一は歓喜《かんき》に震え、明彦自身の熱によって、ますます蕩《とろ》けていく。

「明彦さ……」

「好きだよ、功一くん。君を心から愛してる」

「俺も……、あなたが好き……」

体の熱は静まるどころか、ますます昂って。

波のように押し寄せてくる快感に揺すぶられ、気が遠くなりそうだ。

幾度か絶頂を迎え、意識が飛びそうになったとき、明彦の迸《ほとばし》る情熱を身の内に感じた。

息を乱した明彦が、甘えるように功一をぎゅっと抱きしめる。

「このまま朝まで。君を抱きしめていたい……」

言葉を返す代わりに、明彦の背中を抱き返した。

言葉はなくとも、想いは伝わったはず。

このままずっと、あなたのそばにいたいと——。

END.

あとがき

こんにちは。桑原伶依《くわはられい》です。旦那さんシリーズ新刊が出たのは、ずいぶん久しぶりですね。(もう一年以上になりますか?)

長いことほかの作品ばかり書いていたし、途中で話が前の年に戻ったりもしているので、【怒った旦那さん】を書き下ろすにあたって、時系列を把握《はあく》するため、年表を作ってみたんですが……整理してみると、とんでもないミスに気づいてしまいました。

シリーズ7【ステキな旦那さん】219頁、同時収録作品【プレゼントしたい】の三章サブタイトル。【明彦さん三十六歳の誕生日】と書いていますが、三十三歳の間違いです。二章の【みーくん六歳の誕生日】をコピペして、六を三に直し忘れていたんでしょうね。うっかり三歳も多く書いちゃうなんて、明彦に恨《うら》まれそうで恐いです。

年齢の矛盾に誰も気づかなかったのか、見て見ぬフリをしてくださったのか、まったくツッコミが入らなかったので、年表を作るまで気づきませんでしたよ。

　ちなみに今回は、前後編の二本立て。プロローグに収録している、功一の新作絵本が事件の発端で、前編は幼稚園の園外保育ネタがメインとなっています。園児てんこ盛り！　作中の幼稚園児たちのやり取りは、書いていて楽しかった……というか、何度も吹き出しちゃったよ。特にあそこと、あそこと、あそこと、あそこ。（一つは後編のギャグです。全部判った方は、私と笑いのツボが同じですね。同士……！）

　後編は、前編で登場した新キャラをメインキャストに加え、新たな事件が勃発《ぼっぱつ》！　CJ《シージェイ》先生の可愛らしい挿絵つきの本になるのが楽しみです♪

　原稿を書くのは楽しかったけど、今回もきつい修羅場になっちゃいました。まるでギャグ漫画のようですが、この本の原稿を書き始めた直後、ゴールデンウィーク初日に町内会の雑用でぎっくり腰になり、よろけて転んで右肩と左肘《ひじ》も負傷したんです。連休中は腰痛・坐骨《ざこつ》神経痛で臥《ふ》せっていたし。肩の負傷が結構キツくて原稿が遅れ、いろいろご迷惑をおかけしました。次回こそは、締切通りアップできるよう頑張ります。

　次回のセシル文庫新刊は、来年三月発売予定になりました。別の作品を二本書いたあとになるので、まだ何を書くか決まっていませんが。来年もよろしくお願いします。

桑原　伶依

セシル文庫をお買い上げいただき、ありがとうございます。
この本を読んでのご意見・ご感想・ファンレターをお待ちしております。

☆あて先☆
〒113-0033　東京都文京区本郷3-40-11
コスミック出版　セシル編集部
「桑原伶依先生」「CJ Michalski先生」または「感想」「お問い合わせ」係
→EメールでもOK!　cecil@cosmicpub.jp

セシル文庫

怒《おこ》った旦那《だんな》さん　— お隣の旦那さん 11 —

【著 者】　桑原伶依《くわはられい》
【発 行 人】　杉原葉子
【発 行】　株式会社コスミック出版
〒113-0033　東京都文京区本郷 3-40-11
【お問い合わせ】　- 営業部 -　TEL 03(5844)3310　FAX 03(3814)1445
- 編集部 -　TEL 03(3814)7580　FAX 03(3814)7542
【ホームページ】　http://www.cosmicpub.com/
【振替口座】　00110-8-611382
【印刷／製本】　中央精版印刷株式会社

乱丁・落丁本は、小社へ直接お送り下さい。郵送料小社負担にてお取り替え致します。
定価はカバーに表示してあります。